刘帆 著

小小说艺术

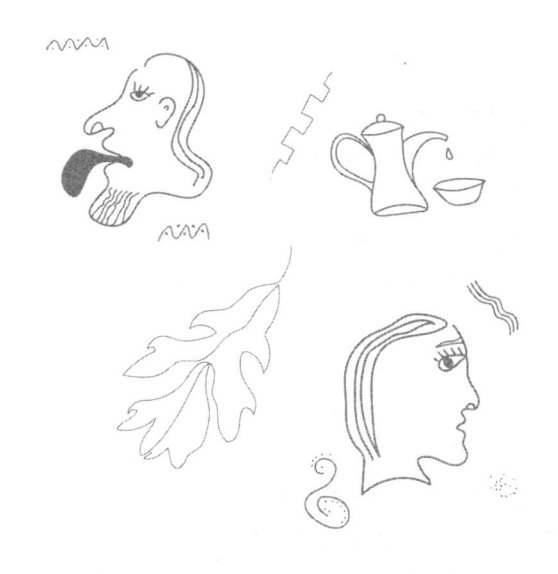

东莞市重点文艺创作基地扶持项目

吉林人民出版社

图书在版编目（CIP）数据

小小说艺术 / 刘帆著 . -- 长春：吉林人民出版社，2023.11

ISBN 978-7-206-20607-8

Ⅰ.①小… Ⅱ.①刘… Ⅲ.①小小说-小说评论-中国-当代 Ⅳ.①I207.427

中国国家版本馆 CIP 数据核字（2023）第 235235 号

小小说艺术

XIAOXIAOSHUO YISHU

著　者：刘　帆
责任编辑：孙　一
出版发行：吉林人民出版社（长春市人民大街7548号 邮政编码：130022）
印　　刷：长春市华远印务有限公司
开　　本：880mm×1230mm　1/32
印　　张：7.75　　　　　　　字　数：145千字
标准书号：ISBN 978-7-206-20607-8
版　　次：2023年11月第1版　　印　次：2023年11月第1次印刷
定　　价：78.00元

如发现印装质量问题，影响阅读，请与出版社联系调换理论是灰色的,而生命之树常青。

——歌德

《小小说艺术》融思想理论和文本研究于一体，对小小说的创作和文体发展进行了系统、科学和富有前瞻性的论证，提出了符合时代特征和着眼未来的小小说的思维、方法与方向，这些小小说重要论述，丰富了小小说的理论建构，对当下乃至未来的小小说创作都具有极大启发性，彰显了小小说应有的文化自信和理论自信。

——当代小小说文体倡导者、著名评论家　杨晓敏

序

雪 弟

应该说,我是比较了解刘帆的,也了解刘帆的创作。刘帆写诗、写散文、写小说、写报告文学,近十年主要写小小说。刘帆的诗曾获得过第三届(2017)上海市民诗歌节诗歌创作比赛一等奖,也被《诗选刊》转载过;他的散文上过《人民日报》(海外版),获得过中国散文学会、人民文学杂志社举办的征文奖;他对小说情有独钟,中篇小说创作了好几部,最近的中篇小说《心灵之路》就在国家级文学双月刊《神剑》2021年第6期发表,而他的小小说成就最大,仅一篇《67号马车》就为他带来了东莞荷花文学奖等多种荣誉。

除了上述文体,刘帆也写文学评论,尤其是小小说评论。在他主编的小小说专业期刊《荷风》杂志上,我就陆陆续续看过多篇他为小小说作家撰写的推介式文章;在网络平台,目前为止,他已为国内120多位小小说作家作品写过评论,这些成果在桥头文学公众号"一人一篇小小说"栏目展示推介，外界关注度和受欢迎程度都很高。不过，当他把理论批评集《小小说艺术》书稿放在我面前时，我还是吃了一惊，而当我把这部书稿读完时，吃惊程度更深了。冷静下来，我认为，这部书稿具有以下三个比较突出的优点：

一是前瞻性。1978年以来，随着小小说创作的繁荣与发展，小小说理论批评也取得了诸多成绩，发表了数千篇小小说理论批评文章，出版了百余本小小说理论批评专著。但不可否认，无论是单篇文章还是专著，均多少存在着浅薄和滞后的弊病。相较之下，《小小说艺术》这部书稿在某些方面倒是具有一定的前瞻性。如在《小小说需要"革命"》一文中，作者从小小说写作模式、产业化、经典作品、地位、人才结构和评鉴观念、方式等六个方面提出了革命的理由和内容，又从小小说需要苦难和忧伤、需要历史的纵深感、需要寓言、需要灵动、需要别致等五个方面提出了小小说的写作方向。尽管文章对革命内容和方向的论述还有待深入，还需要更加严密的逻辑，但毫无疑问，作者提出的这种种"革命"，却富有极强的现实意义，势必会对当下以及今后相当长一段时间的小小说创作和理论批评产生积极的影响。

二是宽阔性。上面说到，近些年的小小说理论批评存在着浅薄和滞后的弊病，除此之外，还存在着宽阔性不足的问题，多在小小说创作技法的层面绕圈圈。相较之下，《小小说艺术》这部书稿在此方面多少有些改善。具体表现在三个方面：一是作者谈论小小说，是客观冷静的，是把其放在当代文学整体格局之下甚至整个文学的历史长河中的，以此观照小小说，就能照出小小说的优势和不足，从而对小小说有一个客观的认知，而不是像小小说圈子内的某些评论家一叶障目，只见小小说，不见文学整片森林。二是作者谈论小小说，是用一种洞悉和宽阔视野进行的，既关注它的主题内涵、创作技巧，又不忘从市场、媒介以及整个产业化去考察。《小小说的思维与风尚》一文从"确定性与非确定性并存""时代需要小小说，但小小说需要求变""产业化之路与宽阔性写作"三个方面论及了新时代小小说的思维，其视野显然是宽阔的。三是作者认为，一个作家不应做单一性、局限性的写作者，而应充分汲取各种文体（文类）的优长，把小小说创作推向更高的境地。相较于那些一生只读小小说、只写小小说的狭隘性认知，作者的这种认知无疑宽阔了许多，实践也终将证明这种宽阔性写作是对的。

　　三是有效性。文学理论批评存在的价值，就是要有效地抵达现实以及文学创作，从而产生积极的作用。但由于各种原因，当下的不少文学理论批评是无效的，要么东拉西扯，不得要领；要么浮夸、吹捧，满篇谎话。此种现象，在小小说领域也较为普遍。相较之下，《小小说艺术》这部书稿可以称得上是有效的。无论是对小小说探讨的理论文章，还是对小小说作家作品探讨的评论文章，均不乏真知灼见。如在《小小说的思维与风尚》一文中，作者把新时代小小说的风尚提炼为：追求小小说之"美"、体现小小说之"味"和塑造小小说之"神",可以说既新颖,又抓住了小小说的本质特点。又如在论析申平的小小说集《马语者》时,作者用"一部命运共同体的寓言"来概括,我觉得是非常有见地的。多年来,申平秉持万物平等的生命理念,经由人类与动物、人类自身之间的矛盾冲突,表达了他对人与自然、人与自身和谐相处的美好期盼,这不就是命运共同体的寓言吗?

前瞻性、宽阔性和有效性是《小小说艺术》这部书稿最为突出的优点,除此之外,充满文学色彩的语言表达,也是此书的一大亮点。

相较于其他省份,广东的小小说发展呈现出一个极其鲜明的特点,那就是创作与理论批评齐头并进,出现了吕奎文、郑贱德、刘海涛、诸孝正、姚朝文、李利君和夏阳等一批小小说理论批评家,出版了《微型小说的理论与技巧》《华文微篇小说学原理与创作》《小小说写作艺术》等专著。这些理论批评家大致分为两类:一类是以刘海涛、姚朝文等为代表的学院派,一类是以李利君、夏阳等为代表的作家派。无论哪派,应该说都取得了不菲的成绩,如刘海涛、雪弟获得了金麻雀奖(理论奖),刘海涛、姚朝文、夏阳和雪弟还分别获得了首届和第二届中国微型小说(小小说)理论奖、理论贡献奖,在广东乃至全国都产生了一定的影响。现在,在多年的积淀之后,刘帆出现了。他既以小小说作家的身份出现,又以小小说理论批评家的身份出现。我相信,这种有着丰富创作经验、同时又有理论批评素质的作家派,一定会取得令人刮目相看的成绩。因此，对刘帆加入到小小说理论批评队伍中，我由衷地感到高兴。

刘帆说："在小小说文体向前发展的路途上，我要像一缕微光一样，为它的神圣、庄严和融入凡尘做一些寓言式的理论引导和学术批评。这或许是不明智的，但是绝对是认真的、经过了思考的。"这本是作者自谦的话，但我要说，在小小说理论研究和文学批评上，在小小说的创作实践上，这绝对不会是不明智的，而是语重心长、专精覃思的，是可以拨云见日的，是有指导意义的，因为微光亦能照亮小小说的天空。

是为序。

（作者系广东省小小说学会常务副会长、惠州学院小小说研究中心主任）

微 光

——写在《小小说艺术》前面的话

我在南方,也到过北方,见识过北南"小小说人"育木成林的决心、意志和信心,一些专家学者、作家、编辑家、评论家和报刊媒体为小小说写作做提灯者,致力于筑基铺路、推波助澜者不在少数,以致四十年来风生水起、席卷全国,小小说之风愈刮愈烈,我置身在风中,分明感受到了小小说经千难、历万险,终于有了星火燎原般的磅礴力量。

对于小小说写作,很多人有过精要论述,其中最为推崇的是杨晓敏的《小小说是平民艺术》。这个理论的建构,解决了什么是小小说,回答了好的小小说的标准,为小小说文体的惊艳出尘和为大众所接受,做了前瞻性的立论、研究和推介,小小说文体从短篇小说文体中逐渐剥离出来,这篇理论起到了非常重要的积极作用。

我想,小小说从哪里来,大家可能并不存在多少争议,但小小说去往何处及未来的高地是什么，我一直在反复思考。小小说没有专门的学校，但有作家班、高研班、培训班、研讨会、评选比赛等各种民间载体为它的繁荣兴盛不遗余力地推动，使得它日渐深入人心、趋之若鹜。说"小小说"是新兴时尚文体，还真是对极了，至少很多人看到它是文起当代之盛的。

任何文体的发展，离不开理论引导和从者云集，小小说自然也是如此的。从文学创作实践中走来的我，对小小说，心中有这样那样的浮想联翩，既是自然产生的，也是主动而为的。我将多年自身参与创作实践到文学理论研究聚合而成的理论、评论收集到一起，形成一本集子，是有考量的，是希望以一家之言，把我的对于小小说的认知，用人微言轻的方式进入学院派、江湖派等各种流派早已存在的小小说研究体系，以证明我对于小小说曾有过一些思考与探索，能否引起关注和重视，不是我出版本书的初衷，我只是想，在小小说文体向前发展的路途上，我要像一缕微光一样，为它的神圣、庄严和融入凡尘，做一些寓言式的理论引导和学术批评。这或许是不明智的，但绝对是认真的、经过了思考的。

传播到哪里，不是我的能量和我的意愿能测算的。对于真实的小小说写作与提高，我心存敬畏并向往之，这是我白天黑夜常常萦绕脑海的思想。我在编辑《荷风》小小说专业期刊的无数个日子里，对"小小说"这个品种，有过写作者的冥思苦想，有过史学家般的考察小小说的前世今生，有过评论家一样的思维角度来好好打量"小小说"。我认为，到了一定阶段进行总结，总是行之有效的好办法，如果能够给当前写作者、研究者和后来者提供一点可资学习参考的借鉴，那真是我意想不到的收获。我想我这么多年坚持下来的结晶《小小说艺术》，不放在书斋而任其走出门庭，用别样的方式予以传播，我的愿望或许达到了。

推动我对"小小说"进行潜心研究，是因为南方的莞邑大地，在桥头镇，在东莞市，相较于小小说创作，小小说的理论研究、文学批评和教育教学还处在一个相对滞后的境地，而我希望有所改变。创作强、理论兴，小小说才能走得更远。在岭南的惠州、湛江，有刘海涛、雪弟等学院派教授，有实力派作家申平等人，他们多年来倾情于小小说研究，并开展与之有关的教学活动和培训活动，他们以著述或授课的方式进行传道，很符合得改革开放风气之先的岭南人的人文前瞻性思维，他们的经验之谈，常常吸引大量的粉丝关注，小小说阅读与创作蔚然成风。

在河南，有着"全国小小说的故乡"之称的郑州，小小说创作函授辅导中心依托《小小说选刊》《百花园》阵地，举办了20余届小小说高研班；而在江湖有着极大号召力和影响力的杨晓敏，带领一众出色的小小说专家，开辟高地，举办金麻雀作家班七届；而小小说权威刊物《小小说选刊》，曾开设"小小说课堂""创新小小说"等栏目，为小小说阅读和创作进行经验式的培训。在河北，河北省文联《小小说月刊》开设了"创意写作讲坛""名家公开课"等栏目，对小小说从素材到作品，进行引导，推动创作。还有蔡楠等领导的河北小小说，借助纸媒和"乌力波"公众平台等网络，加以宣传、推介和培训引导。燕赵大地，奋楫出发。这些有益的做法和行动，于小小说本身而言，意义是巨大的。

我希望包括桥头（被誉为全国小小说的"桥头堡"）在内的小小说界，应该多开展与之有益的理论评论探索。有讨论、有争鸣、有引导，总比单打独斗和黑暗摸索更有明辨开智的启示。在东莞（桥头）小小说创作基地的规划中，理论研究被写入其中，东莞市文化广电旅游体育局对基地、对莞邑大地的小小说学术性研究不但高度重视而且还给予大力支持。作为当代小小说理论评论重要成果的《小小说艺术》，让小小说在桥头、在东莞进行更好的推广与普及，并在省内外产生影响，及对小小说文体本身的自身建设和更为宽广的推动，也会起到积极的促进作用。

繁星飘香，筑梦筑巢，以资借鉴，《小小说艺术》为什么而来，已然清晰。对于小小说创作与推动，我常想，做人做事，用"授人以鱼，不如授人以渔"的原则为之，用勤勉之道为之，用总结式的提炼和前瞻性的发现为之，总是好的，期间辅之以"恒"，更见真知灼见。宋朝的楼钥在《攻媿集·雷雨应诏封事》里说："凡应天下之事；一切行之以诚；持之以久。"数年思索与坚持，于小小说理论及评论方面，终于有了一点结果，这是我的热情所致。倘因水平有限而致读者诸君不快，务请海涵或建言帮助，在此，我先从内心道一声"感谢"！

  本书的目的，说简短些，就是希望我们是小小说的同道人，小小说好，你好，我好，大家好。在我的知识储备和希望的田野里，"小小说"是一缕微光，但我始终相信，小小说是个好的品种，让我们一起来珍爱它、关心它吧。

  是为序。

2022 年 6 月

目录
CONTENTS

第一辑　理论前沿

小小说需要"革命"　/　002

小小说的思维与风尚　/　015

小小说与文学发展　/　026

广东小小说的地域特色　/　040

第二辑　实战探索

小小说不是平平淡淡的艺术　/　056

如何提高小小说写作艺术

　　——以东莞荷花文学奖小小说获奖作品为例　/　059

小小说要注意的几个关系

　　——以《西门诗》《孝》《骨朵桃花》为例　/　071

怎样写好小小说　/　077

001

从灵光中捕捉神来之笔 / 089

有灵魂照耀的地方 / 099

小小说的五个问题

  ——从《骨朵桃花》看小小说要注意的几个问题 / 109

第三辑 佳作赏析

一部命运共同体的寓言

  ——评申平的小小说集《马语者》 / 118

小小说的小、巧、新、奇

  ——莫树材《骤雨中的阳光》赏析 / 125

莞邑大地的文学经典

  ——《曙色成霞——桥头小小说精品选》序 / 129

充满温暖和悲情的乡村事

  ——读侯平章的小说《春红》 / 140

打开想象的翅膀

  ——兼谈姜帆小小说作品 / 147

小说有痴 其文自妙

  ——曾巨桃小小说印象 / 153

每一次花开都看到小小说的明天 / 157

泥土的歌者 情感的笔记

  ——朱方方小小说印象 / 161

枝干分明 浓淡相宜

  ——刘公小小说印象 / 165

尘世漂泊里的情感归来与塑造

　　——评谢松良的三篇小小说新作　/　168

社会万象下的精神书写

　　——兼谈刘庆华近期三篇小小说新作　/　172

平凡故事里饱满的人性之美

　　——读诸葛斌"人在贵州"系列作品　/　178

南方盛开的圣洁荷花

　　——《2021年荷风年度小小说》序言　/　184

一个会讲故事的人

　　——评白茅《一个瓷杯引发的N种结局》系列小小说

　　　　　　　　　　　　　　　　　　　　　/　188

短章结实奇闻录

　　——评水鬼三篇小小说近作　/　192

第四辑　创作漫谈

蝶恋花　/　198

小小说之心　/　201

《渡船》创作谈　/　210

我的小小说创作体会　/　215

我与小小说始终同在　/　217

后　记　/　221

第一辑

理论前沿

小小说艺术

小小说需要"革命"

　　小小说需要"革命",这个话题有点吓人,作为一个小小说圈中人,说一说,本意无非是希望"小小说好,好上加好",说出来不求掌声雷动,但求问心无愧。倘若因为水平有限而致诸君不快,也请及时交流和批评指正!在此先谢为敬。

　　敝人之所以说小小说需要一场革命,并非哗众取宠,真正原因在于很多年前、读过很多作品后,无论白天黑夜,总是有所思索,后来想想,也就记录下来,下面就是我的所思所想。

一、当前小小说的现状

　　由于很多同志的小小说写作技法或小小说理论可能比我更加具有前瞻性,而我之所以首先跟大家来讲一讲"当前小小说的现状",是因为我个人觉得小小说的分水岭以 2018 年为界,各省分别推出"改革开放 40 年 40 篇小小说评选",历史性地自我界定了一条无形的分界线,做了一个历史性的总结,就是经典作品摆在历史架上,无论你认不认可,这已经是既成事实。

本着实事求是、一切向前看的观点,我们主要还是要放眼下一个四十年,也就是说,未来八个五年计划组成的四十年,在这么漫长的岁月里,我们能够为它(小小说)做点什么?

我相信,很多人是不甘寂寞的。

前四十年,很多人全程亲身经历了小小说波澜起伏的发展、壮大过程,作为开拓者、建设者,这一时期的小小说既显示了小小说的璀璨魅力和光芒四射,也培养了一大批顶尖高手,如果把他们比作参加长征的话,那么他们就是播种机,撒下了种子,培育了力量,建起了大厦。前人栽树,后人乘凉,从内心我对这一批批精英作家是保持敬意的。

但我也认为,经典高峰虽然像一座山矗立在大家面前,但是毕竟是一座山,如果有人一定要翻过去,无论多高,总还是有人可以翻过去。当然,过去的人,肯定是好汉、是英雄,他们的壮举,或许就是史诗,一些新的温度、新的美感、新的厚实的作品也会遗落红尘,如果把它们捡拾起来,用高配显微镜放大检视,一定会发现它们中肯定有珍宝珠玉,是精品,是佳作,或许还是新经典,这些作品里面包含

小小说艺术

了创新与探索、筑梦和筑巢。也就是说，它们继承了前四十年优秀小小说的写法，又在此基础上有了新的摸索、新的创新、新的结晶，形成了新的高地和新的峰值。

《广东小小说五年精选》（2016—2020年）符合条件的入选作品名单，里面有2019年、2020年的小小说精选，说明广东省小小说学会在做前瞻性的工作，在发掘未来四十年的精选作品，这是一个有意义的工作。如果以改革开放四十年为界，广东省小小说学会首个任期肩挑前四十年与后四十年，可谓生逢其时，任重道远。但是因为跨度未来四十年，2019—2020年作品，应该视为未来四十年的肇始作品，某种程度上，未来四十年的第一个五年计划，已经出现光芒，而且火力很强，队伍庞大，给将来的遴选、甄别将带去很大的工作量和无法估计的难度，这也很好地说明，"发表"是硬道理，"网络"是集散地，"评论"是助推器。以广东为例，在三者之中，当前乃至今后而言，广东小小说能否强势异军突起，除了要有一支强大的小小说创作粤军外，还要有一支同样强大的小小说评论粤军。没有评论家的"火眼金睛"，作品脱颖而出的机遇就相对较低，因而，作为人类文明的成果之一，你的出彩机会就会大大降低，如果锁在自己的家里，也就只有自我陶醉、孤芳自赏的份了。

东莞（桥头）小小说，一直以"请进来，走出去"的战略打造属于自己的特色小小说文化，"请进来，走出去"，同样适用于小小说未来的发展需要。

2020年11月底，当代小小说文体倡导者、著名评论家杨晓敏先生盛赞广东小小说现象，他说"'广东小小说现象'已经形成，她是南粤大地上一道亮丽的风景线"[①]。

《小小说月刊》主编郭晓霞女士2020年12月26日在广东省小小说网络大课堂上授课时希望广东小小说要叫得响、留得住、传得开[②]。

我想，这些都是美好的愿景，不单是只对广东小小说而言，其他省份的小小说也是如此希望的。小小说正置身在宏大的时代气象中，在建设中华民族伟大复兴的中国梦的历史机遇面前，一个地区的传统文脉和伟大的时代精神，将使小小说的站位更高远、视野更宽阔、质量更上乘，朝着数量与质量成正比、高原与高峰共媲美、宽度与厚度相统一的方向努力前进。"小小说"未来四十年的发展，预期将是美好的，惊世之作也是会有的，小小说人只要不畏艰险，勇于探索，沉潜创作，不墨守成规，就像大海深处的航标灯，总是会刺破夜空的。

二、小小说需要革命

小小说发展到一个新的历史时期，一个新的阶段，变与

---

① 引自《杨晓敏：从"广东小小说现象"说起》（摘自小小说纪事2020-11-03）。

② 引自郭晓霞《关于主题小小说的创作问题》——广东省小小说学会：广东省小小说网络大课堂第九课，2020-12-28。

小小说艺术

不变都是一个话题。我认为，未来四十年的小小说，是必然要进行小小说革命的。

为什么要这样说，这是有理由的。理由其实很简单，前四十年的小小说的写法已经固定化、模式化、脸谱化，一个真正的小小说写作人，应该求变，终极目标不是给报刊充塞版面，拿点稿费，多点炫耀，而是要进行文学探索，进行新时代的小小说探索。

以我浅薄的阅读和观察，我个人认为，当前小小说整体态势发展良好，风生水起，但是从国民经济运行下的社会生态和文学生态来看，小小说还处在非主流的地位，总体评价体系让人感到还不是很满意。

为什么这样说？这恐怕不是我一个人的感觉，很多人也有，包括小小说圈子外的人也有。

过去四十年的小小说繁荣发展，不是小小说界的终极目标，它还需要继续探索，继续创新，继续发展。

这就意味着，小小说必然需要一场革命，不过，到底要革小小说什么命？我斗胆估摸着，应该从以下几个方面进行"革命"。

第一，小小说写作需要革命。当前小小说的问题十分明显。固定化、模式化、僵化性、无病呻吟等等存在，主要表现是：一是老式写法，创新不够；二是直白；三是过于讲究小小说的技巧；四是设计感太强，很多作品读来有相似的感觉，特别是主题征文类作品尤其突出；五是情节处理上不太自然，有的逻辑性也不够。作家与读者，就像生产者与消费者一样，读者有理由对生产者的作品提出这样那样的苛求。小小说写作者如果不能与时代同行，不能勇于探索创新，那么小小说的革命性改变就无从谈起，就不能更好地赢得其他文体的尊重，当然也就无法更好地兴起一时之盛、引领人们时尚阅读和全民阅读之重任。

第二，小小说产业化需要革命。小小说的评价体系，还是以省级以上报刊发表的作为评审依据，包括享有崇高声誉和权威的小小说金麻雀奖，它是民间最高奖项，但是评选还是以在省级以上报刊发表的作品为参评条件，而广东省小小说学会身处改革开放的前沿阵地，它的"双年奖"评奖，虽然有"破冰"之举，但是金麻雀网刊评选的年度奖，依然只能视为二等奖对待，说明传统的思维和僵化的套路根深蒂固，在日益汹涌的网络大潮面前，仍然显得小心翼翼。很多人其实都明白，大的报刊数量只有那么多，僧多粥少，发表难度大，很多作品不能及时发表，从时效性来看，作品见天日的时间晚，出彩的机会就明显降低，因而，草根作者的梦想实现就会增加无数困难。其次，大产业尚未形成体系。比如微电影、微视频、朗诵等形式的制作与推广，小小说的社会化推广联盟尚待整合，小小说的创作与市场化的链接（包括发表推荐、奖项评选、作品经济效应最大化等）尚未完全无缝对接，包括广东小小说在内的小小说界，都应该思考，如何进行资本化包装、融资、上市，从资金、技

小小说艺术

术、人脉、阵地等方面强力介入，整合人才和作品，展现集群效应，那么，小小说的高地无疑会独树一帜，实现真正的异军突起。

第三，小小说经典需要超越性革命。有的作品要走下"神坛"。这不是我一个人的看法，相信很多人，包括未来的作家和评论家，都会重新审视那些高高在上的"经典"。

大家耳熟能详的《唐诗三百首》《宋词三百首》，哪个集子是当朝或同时代确定的？有资料明显证明，《唐诗三百首》收录了77家诗，共313首诗歌，选编者却是清代乾隆年间的蘅塘退士（1711—1778），他的原名叫孙洙，字临西，江苏无锡人，祖籍安徽休宁。他在乾隆二十八年，也就是1764年开始选编，他们的选诗标准是"因专就唐诗中脍炙人口之作，择其尤要者"，要既好又易诵，以体裁为经，以时间为纬。也就是说，公元907年灭亡的唐朝，他们的诗人之作，是在八百多年后的清朝才得以再选优拔萃，以通俗精选版本，在倾注后人研究成果的基础上，加以推介，广泛流传至今的。

《宋词三百首》，最流行的宋词选本，"由晚清四大词人之一的朱孝臧于1924年编定，共收宋代词人88家，词300首。其选录标准，以浑成为主旨，并求之体格、神致。"以1279年南宋灭亡为界，《宋词三百首》也是在600余年后的民国才选编并加以更为广泛地传播的。

以上，充分说明，小小说的经典，也是一样，也要经得起历史长河的大浪淘沙，只有吹尽黄沙才能看到真金。因此，小小说写作人，你们有什么理由不起来革命？有什么理由不好好埋头写作、为将来可能出现的经典冥思苦想和努力锤炼呢？

第四，小小说的地位需要革命。小小说虽然因为《俗世奇人》荣获了第七届鲁迅文学奖，有破冰意义，但是，作为一个文体的兴盛而言，还远远不够，小小说的地位还亟待大力提高，得到改善。小小说写作人，目前的地位也是十分可怜的，目前各省作协的格局，几乎没有一个小小说作家成为官方作协重量级的话语人，也就是说，小小说的话语权，还捏在那些以中长短篇、诗歌、散文或报告文学等得天独厚的文体的写作人的手里，小小说人走到哪里，人家都会说"哦，写小小说的""金麻雀奖"，他们将声音拖得很长，音调里夹杂难以言说的"轻慢"，因此，我认为，小小说人不要自命清高，不要以为写个小小说就不得了，当前，除了还要夹着尾巴写作与推广外，实事求是地看待这一社会现象，才能平心静气，才能以打造小小说精品为目标、以始终与人民群众血肉相连为己任，不骄不躁，继续坚持长途跋涉，锻造经典力作。

第五，小小说的人才结构需要变革。目前的小小说队伍，写作人的年龄大部分在35岁以上，有的小小说写作者，是从其他文体转型过来写的，写作时间不长，跟小小说新兵差不多，对小小说的系统认知有限，有些人还停留在小小说

小小说艺术

就是揭露社会阴暗面的官场讽刺小说的认知上。创作队伍的年轻化、专业化和活力还不够，尤其是探索创新不够。培养和打造小小说新的生力军，培根铸魂，培养后备写作力量，势在必行。虽然优秀经典作品是天才级作家创造的，但不可否认，繁星飘香，筑梦筑巢，才能恢宏小小说的天空。一枝独秀不是春，百花齐放香满园，小小说既要成材，也要成林。金麻雀作家班、全国小小说高研班等为此做了日月经年的培训培养作家工作，他们的很多有益探索和做法，值得社会借鉴和推广。

第六，小小说的评鉴观念和方式需要革命。这一点很重要。小小说不要圈子里热闹，圈子外遇冷。目前基本上所有的小小说赛事，都是圈内的专家学者或小小说的名刊名编在当评委。我个人的观点是，小小说是小说，小说的四大家族是长篇小说、中篇小说、短篇小说和小小说，小小说不同于诗歌、散文、报告文学、文学评论等文体，小小说的容量和表现手法等等都有别于其他文体，圈内的人说某某作品好，圈外的人认同吗？小说的另外三大家族的人认可吗？这里大家不要误会，就是说评审不是说要每个文体的代表来参与，圈子外的顶级人士来当评委，我想有一个或两个人参与，听听外面的评委如何看待那些所谓的优秀的作品，或许更为真切、全面、科学，代表性更强。我觉得东莞荷花文学奖，有个做法就很好，就是终评委都是茅盾文学奖或鲁迅文学奖的评委，这些终评委，有些人是散文家，有些人是编辑家，有些人是著名作家，有些人是文学评论家，等等。这些人的权威性和专业性，社会普遍认可，评定品质有可靠保证。对于年度小小说奖，他们的眼光是独特的，评判甚至可以说异常刁钻、犀利、狠毒。我记得有一篇小小说，小小说圈内有位专家非常推崇这个作品，这个作品不但上了国家级刊物转载，还被推荐到某地语文试卷收录，按理说这样的作品不会有什么问题了，然而，让我感到意外、大跌眼镜的是，五位评委都对这个作品提出了批评，而且观点几乎一致，都认为这个作品编造痕迹明显、秀技巧，有的细节逻辑性值得推敲。会后读到这些发言，我忽然有一种遇到知音的感觉，这些顶级评委的观点与我曾经读到此文时的感觉基本一致。原来这些顶级评委，眼光确实犀利，他们没有迎合，眼里只有文本，评审结果客观公正。后来，我再次找到这篇文章去对照专家的点评，细细思考，觉得人家这些专家学者，分析得真有道理，可谓一针见血。

三、小小说的写作方向

第一，小小说需要苦难与忧伤。之所以这样说，是因为当前小小说很多作品停留在歌功颂德上，高高在上，漠视民间疾苦，或者是根本不知道苦难。这是要不得的。《大鱼》《马不停蹄的忧伤》《伊人寂寞》《头羊》《群山之巅》《行走在岸上的鱼》等作品之所以留下空谷足音，是因为字里行间

小小说艺术

弥漫的"忧伤"与"苦难"气息挥之不去。笔者的《骨朵桃花》,也是有一种淡淡的忧伤漫溢,这种忧伤的具象就是"桃花怨"。这些作品的重头戏通过描摹忧伤和苦难,作品的思想性和艺术性得到张扬。

第二,小小说需要历史的纵深感。小小说要跳出个人圈子,视野不要停留在一人一己之私上。小小说需要历史的纵深感,要有历史的方向和历史的厚实,个人故事与国家历史要有机融合。笔者的《67号马车》,是一篇意识流小小说,在构思时我曾进行了有益探索。在回望如烟的历史中,我发现我们肤浅的原因在于罔顾历史的揭秘、在历史中学到的经验与总结还不够。对于历史上"书生的骨头""民族的骨头""国家的脊梁",小小说不能视而不见。像南宋末年的1279年十余万军民在广东崖山投海殉难,宁死不降;像明末清初"岭南三忠"[①]之一的张家玉,明知抗清必死,但是毅然奋起率众抗清,最后寡不敌众宁愿投塘自尽也不愿苟且偷生,牺牲时才33岁,正是大好年华;像抗日战争时期的"狼牙山五壮士"为掩护人们转移、以弱小力量牵制打击日本人,在子弹打光、石块扔光的情况下,手无寸铁,宁愿跳崖也绝不投降等等。这些英雄的壮举和视死如归的精神,都是民族的浩然之气,有人以"书生的骨头"形容他们,我想这绝对是

---

① "岭南三忠",指的是广东三位著名的抗清将领,分别是东莞张家玉、南海陈子壮、顺德陈邦彦。——屈大均《皇胆四朝成仁录卷一二》广东死事三将军传·屈大均评语。

发自内心的礼赞。力挽狂澜，宁死不屈，忠肝义胆，对于光耀历史天空的人物和事件，小小说写作人怎能不俯下身子关注历史的足音、书写沧桑画卷呢？

第三，小小说需要寓言。小小说要有宗教一般的智慧与虔诚，要有先知的觉悟与敏锐，这样的作品用巧妙地讲述解构人生、社会，其起点和制高点是不一样的。有的人总是埋怨自己的时运不济或内心不服气，很少真正反思自己的作品，这是要不得的，是不能提高的。有一些好的作品在这方面做得很好，建议大家好好看看。比如，安石榴的《大鱼》，写了故事里的故事，对于人类的贪婪，以一种寓言式的规劝，提出了警示，这无疑触及心灵，引起震撼；比如，吕啸天的《禅思妙说》《一根鱼刺》，舒缓自如，从容与恬淡之中，有一种宗教般的洗礼。

第四，小小说需要灵动。小小说的外在语言美和内涵美要相向而行，灵动的美，让小小说韵味无穷，引人入胜。著名评论家杨晓敏先生说笔者的《骨朵桃花》"既有桃花的轻灵与朦胧，亦有桃花三千里的辽阔与绚烂"，的确，《骨朵桃花》的语言是简洁的、灵动的，但也是惜墨如金的。像"宋之远，的确也遇到过这样煽情而迷乱的桃花"，这样的语句精短，承上启下，却不拖泥带水，蓦然打开就是一幅"桃花"之美的画卷：煽情而迷乱，娇艳且极致，"桃花之美"呼之欲出，故事情节惊艳动人，小说的文本语言诗美、故事精美、人物淳美，小说在古典与现代之间、在虚与实之间，

小小说艺术

构建了一幅令人难忘的"桃园艳遇图",人们在欣赏美的同时,也看到忧伤与遗憾,社会化质感下人心的逸动,于当今亦有同感。

第五,小小说需要别致。小小说结构也好,情感也罢,如果新颖别致,构思别具一格,无疑,这样的小小说更容易让人怦然心动。汉语是世界上最丰富的语言之一,小小说如在具体写作运用中,懂得灵活变通手法,语序适时加以调整,词语准确传神达意,情节讲述跌宕起伏、艺术巧用留白意味等,创作与众不同,别致出彩,那么,小小说又何愁没有极佳的表达效果和震撼力呢?

小小说的思维与风尚

一、小小说进入了新时代

小小说正处在一个崭新的时代。特别是 2011 年微信诞生，移动互联网普及，带来人们在生存、生产、学习、生活、生理、生命等方面思维、情感和方式上的巨大转变。人们分享交流更为便捷，小小说队伍整合更加方便，作者与刊物、平台、媒体、编辑与名人名家的接触更为直接，小小说新时代已经到来。

小小说在中国当代小小说文体的倡导者杨晓敏的呐喊奔走和系统推介下，在业界小小说人的不懈努力下，经过几十年的推动发展，在 2018 年出现转折，主要有两个显著事件，业界普遍认为，这是小小说走向成熟的标志。一个是 2018 年冯骥才的《俗世奇人》（足本）荣获第七届鲁迅文学奖，这个事件的意义在于小小说文体在国家顶级权威奖项中实现了零突破，是首奖，是破冰之举。另一个是改革开放四十年40篇小小说评选，推出了一批经典作品，让外界进一步了解了小小说的时尚性和存世性。

时间节点意味着时代的分水岭。

新媒体新技术新应用的革命性变革，写作者借助网络，在创作上如鱼得水，资讯立体传播，作品关注度空前高涨，互联互通下，作品的时效性更强，市场化更快，轰动效应更高，写作者、刊物、平台的对话方便快捷，好作者、好作品与好刊物、平台，关系变得无比紧密。

各省市小小说学会等组织纷纷成立，通过网络，实现了区域整合、上下连通，组织管理呈流线型信息化体系，营运成本大大降低，活动开展效率大大提高，联系沟通更为直接快捷。

新时代的小小说写作者，特别是草根作者，开始有了一个真正展露才华的大好机会。

遇到好时代，见到好老师，看到新高峰，见证新力量，随之而来的是，写作者也面临了新问题，即小小说如何开拓创新？如何写出与众不同？

二、新时代小小说的思维

确定性与非确定性并存，写作者要为锻造经典做好准备。

当前，小小说写作既面临不可逾越的经典高峰，又存在"超越"的可能性。超越什么呢？就是超越经典高峰，创造新的经典高峰,将小小说推向一个新的高度,引领新的思维和风尚。

经典作品有一种高峰值存在,但我们的写作思维不要惯性使然,认为小小说就应该这样写或必须这样写,束缚自己的手脚,固化自己的头脑思维。规范只是一种引导,并非停滞不前的绊脚石。

当前小小说的问题十分明显。一是老式写法,创新不够;二是直白;三是过于讲究小小说的技巧;四是设计感太强,很多作品读来有相似的感觉;五是情节处理上不太自然,有的逻辑性也不够。

我认为,小小说写作,存在确定性与非确定性,要打破常规思维,充分发挥作家的想象力,通过小说技法的娴熟运用,让小小说的翅膀飞起来,让小小说的质感增加钻石的光泽,增加厚实的力量。

中国的文学传统源远流长,文学积淀博大精深,为写作的确定性和稳定性奠定了坚实的基础,写作有取之不尽的源泉,但是我们也应该看到,新时代,新观点、新思维、新创造、新发明、新技术、新应用等等日新月异,非确定性的因素时时刻刻伴随日常生活,如果不能与时俱进,眼光开阔,反映时代的进步和人民的精神文化需求,则写作的市场化必定会大打折扣,受欢迎的程度必然会受到某种程度的影响。

小小说正面临着世俗化和同质化的威胁。所谓世俗化是指现实的诱惑,是发表的虚荣追求,以及眼花缭乱地为政绩

小小说艺术

和地方歌功颂德的应景写作。同质化，当然是写作的脸谱化、标签化、模仿性、缺乏创新。

造成这种现象，因素很多，但主要还是个人主观原因。既然，确定性与非确定性因素并存，那么，好的小小说写作者，应该总是在积蓄力量，丰沛自我，为经典诞生做必要的准备。因而，写作切不可急功近利，要把写好每一篇作品当成自己的使命，是当代小小说人前进的方向。

时代需要小小说，但小小说需要求变。

"计划没有变化快。"任何事物都充满了矛盾，具有确定性与不确定性。写作者要在坚守中不离不弃，在矛盾中寻求突变。

确定性意味着稳定，彰显着积淀，它可以给写作带去自信、力量、方向；不确定性意味着多变，充满着挑战、机遇和惊喜。而我认为，惊世之作也好，优秀文章也罢，多是在情况不确定性时，思维灵光一闪捕捉而成，那种瞬间之美成就了优秀文章，也成就了许许多多的大作家大文豪，他们是聪明的智慧的"捕猎者"，为人类文明留下了灿烂成果。

因而，写作要向不确定性寻找写作思想，确立与众不同的嬗变。"羊毛出在羊身上"和"羊毛不一定出在羊毛身上"，将事件的可能性和非可能性有机统一起来，向最终的精品路线前进，也就是"众人寻他千百度，那人却在灯火阑珊处"的惊喜。

丘吉尔曾说过一句话："历史就是由一个又一个活见鬼事件组成的。"种种美好设想、希望近乎完美结构的渴望，常常因为特殊情形，主观和客观影响，在不经意的粉碎中重构，结果达不到璀璨的峰值，表面上看是趋于平淡了，但是反过来，岁月的某一缕亮光击破沉闷的天空，灵感一来，思想碰撞，反而促使文章升华了，所谓"有心栽花花不发，无心插柳柳成荫"，收获意外惊喜，很多惊世之作无不来自不确定性，展现非自然状态下的火花之美。宋朝开国皇帝赵匡胤据说曾有句绝对，叫作"未离海底千山墨，才到中天万国明"。在充满变数的思维世界里，捕捉思想火花，成就万千气象，以不变应万变，将确定性与不确定性矛盾融于一体，既欣赏风和日丽、鸟语花香，又不惧电闪雷鸣、狂风暴雨，"文似看山不喜平"，欣赏与写作，道理一致。

产业化之路与宽阔型写作

小小说已经走上了产业化模式。每一个写作者既是里面的生产者，也是消费者。

宽阔型是一种趋势。

"写小小说，不限于写小小说""小小说写作者最好是个建设者，搭房子，外观要靓，内饰要美，结构嘛，里面最好是迷宫，让人进得来，却不想出得去，所谓欲罢不能，意味无穷，就看我们是不是能工巧匠，做不做得出精工的匠活？"较有成就的小小说名家、高手，在很多文体都是得心应手，长袖

小小说艺术

善舞。你不一定是诗歌高手、散文大家，但是你有诗歌的气质和散文的视野，汪曾祺曾说过"小小说则应有更多的诗的成分"，他还说到"小小说应当有一定程度的朦胧性"，说"朦胧性"，如果不懂一点点诗与画，则笔墨情趣无疑会相对欠缺。

宽阔型写作不是要去四面开花、四面出击，写作还是要根据自己的时间、精力、条件、能力，有所侧重。"宽阔性写作中终是有任你长袖善舞的，也就毫不客气地做做文章，这叫有的放矢，不乱花迷眼，有方向。"你把在诗歌散文或中长短篇的优势积淀下来，拿到小小说领域，那就是财富，是无价之宝，可以得心应手，原因在于你有优势、有底蕴、有本事，你可以区别于那些单一型、局限型小小说写作者，换句话说，你比别人更有智慧，行文落笔，与众不同。

另外，就提高小小说的声望和推动小小说繁荣发展而言，你也不能拘泥于门户，固守在小小说一方天地，与各种文体的人接触、交流、学习，对于宣传小小说，扩大小小说文体之美大有好处，至少可以为小小说做一点事情。

长期以来，长篇小说举足轻重，诗歌源远流长，散文千年不衰，而小小说鼎立于文坛，时间还不是很长，它需要我们向其他文体学习，吸取营养，充实我们的内功，强健我们的臂膀，壮大我们的队伍，高举我们的旗帜，作为小小说人，轻视其他文体不可取，自惭形秽于其他文体更不可取，唯有融会贯通，有所借鉴，有所创新，有所突破，才能将小小说发扬光大，将小小说事业做大做强。

三、新时代小小说的风尚

追求小小说之"美"

随着时代的前进,人们生活的节奏变快,阅读方式和阅读选择改变,选择电子阅读的人群越来越多,由于快节奏的生活步伐,世界改变了很多,但是普通民众的文化消费水准不降反升,要求越来越高,普通人的创作欲望也变得越来越强,这是现实。

小小说要适应时代潮流的变化,用更多的美的小小说,来诠释小小说的审美意蕴,丰富人民群众的精神需求,愉悦他们的心灵天空,在现实生活中让他们感受到生活的美好,享受到生活的质量,小小说写作者要始终保持心灵的纯粹,坚持将文学之美通过小小说这个载体,通过精心的构思、匠心的布局、用心的讲述,调遣汉字,码出文本,写活人物故事,塑造柔美或阳刚之美。我一直提倡"四美写作观",就是:想象丰美,思想唯美,内容醇美,语言诗美。要让小小说通过丰富的想象和精心构思,将小小说写得语言优美,思想唯美,结构精美,意味醇美,勾起人们的阅读欲望,让人们把小小说阅读像生活常识一样重要,作为日常交流和日常学习的一个重要载体,让人们追忆逝水年华,感慨大好河山,珍惜人生芳华,建设美好生活,如果有人将小小说放在床头,一定是小小说之美感染了他,

小小说艺术

影响了他,陪伴了他。因为那里面有他们的浪漫,有他们的生活,有他们的灵魂。

体现小小说之"味"

小小说很小,但并不妨碍将故事讲得津津有味,意味深长。小小说区别于故事,就是小小说是有温度有情感有力量的讲述,小小说与故事的差异在于,小小说有思想内涵、有艺术品位、有智慧含量。小小说奥妙无穷,个中玄机,全凭作小小说作者的能量,将有限的文字,写出无限的感染力,真真切切体现小小说的耐咀嚼的"味",土话就是像吃东西一样,越嚼越有味。

要做到这一点,小小说写作势必要讲立意,要有一个很好的视角、很高的站位来阐释需要讲述的问题。这个立意要讲艺术品位,不要肤浅,要体现写作者的情怀和境界,说得通俗一点,就是作品必须带给读者一点实质性的东西,就是要体现作品展露的智慧含量、人格魅力、震撼力量等等,让人们有所得,而不是有所失。

中国作家协会原主要负责人翟泰丰先生认为,小小说是在遵循文学规律前提下的一种大胆创新,是"短中见长、小中见大、微中见情"的艺术。我想,小小说的魅力、小小说的味道,就是要经得起反复咀嚼,要越嚼越有味。

小小说通过极致化的艺术手段(伏笔照应、起承转合、留白闲笔、情节设置、人物刻画、语言风格等等),把要讲述的故事艺术性地表现出来,体现小小说的情怀、境界和高度,如果在最后结尾再讲究讲究,注重结尾艺术,把重心或爆发力在结尾表现出来,当然更有味道,更有韵味,小说不是戛然而止了,反而是余韵悠长,小小说的味道,怎一个"好"字说清呢?

塑造小小说之"神"

小小说之"神",也就是小小说的"精、气、神",它传递着社会的能量、美学的修养、人文的气质和聪明的思想,作品的高度与厚度保持了相对完整的统一。

小小说是一种有尊严的文体,我们要爱护她,不要用烂笔玷污了它的神圣,宁愿少写一篇,也不要滥竽充数。

小小说写作人,要像麻雀一样,具有极强的生存能力,不怕打击,不怕讽刺,不怕讥笑,在"小"里掀起风浪,在"大"里崭露锋芒。

小小说写作人,既要遵循小小说创作规范,又要像麻雀一样自由自在、无拘无束,具有写作的天性。

小小说写作人要勤下基层,吸取自然滋养,要离人间烟火最近,不要关在笼子里。麻雀被誉为"空中的平民",小小说是平民艺术,自然我们不是坐在殿堂之上高谈阔论,俯下身子,倾听大地的呼吸,感知民间的疾苦,从自然中找到文章的原发性和触动内心的情感制高点。

小小说写作要有大历史观,要将抒写个人故事和国家故

小小说艺术

事有机融合,在我们个人荣辱故事中,看到我们向往的国家故事,体现小小说的至高追求:大情怀,也就是家国情怀。

某种程度上,新时代小小说的创作方向,应该是在与世界对话,是在与历史对话,是在与人民对话,生活的喜怒哀乐,我们不能视而不见,民族的奋斗史、血泪史、成功史,应该在我们笔下有乾坤,肩上有责任,胸中有大义。

小小说的视野和构思要宽阔,要确定它的故事核心或者说大主题,但是真正写作时则要细,目光要有聚焦,要收窄,不要散乱,要生动具体。每个人都有短板,因而,提醒我们自己要向传统文学加以学习继承,丰富我们自身的本领。

在追求小小说之神的写作路途上,要耐得住寂寞,看得见比自己好的作品,你也没有什么可以泄气的,我们在创作中需要的是心态平静,在每一次的坚守写作中,这一次比原来的作品要好一些,有了一点点超越,这样我们就进步了,距离小小说之神就近了。

中国文化常常追求"永恒"二字,在家族、人伦、现世和现实中体现得更为真切,小小说写作要打破固化思维,要有"超越"的精神,山峰不可怕,怕的是我们没有攀登的勇气。

确定性的思维,可能使你的作品写得饱满厚实,不确定性的思维可能让你的作品充满灵性,彰显别样的动态的质感与大气。

总之，小小说写作人要看到影响人们日常生活的，除了衣食住行，还有文学、文化。因而，更有理由相信自己从事的小小说写作是有意义的，现实给了我们这种文学情怀，小小说之美、小小说之味、小小说之神，将通过广大小小说写作者的笔和说话，传给亿万读者。

备注：本文于 2020 年 12 月 12 日在金麻雀作家班讲座授课宣讲。

小小说与文学发展

绪言

"小小说"是小说。长篇小说、中篇小说、短篇小说、小小说（也称微型小说）是小说的四大家族，是小说大厦的四根台柱子。"小小说"是相对于"长小说"而言的体量小的小说。长篇小说、中篇小说、短篇小说，从字数而言，动辄几千字以上，篇幅长，容量大，而2000字以下的"小说"，只能视之为体量小、容量小的小说，也就是小小说。小小说的发轫开端、探索发展到蓬勃兴荣，脱胎于时代变迁和新兴规律，既与源远流长的文学一脉相承，又因为民间兴起、推动等原因，小小说的平民性特征最为明显。故小小说与时代、与文化、与社会的发展，关系密不可分。放眼省内外，对小小说进行研究，进行必要的推介和理论探索，以觇其小小说力量，而尤其关键的是，指导小小说创作者改变一些思维、改进一些创作方法，提升小小说的作品质量，提高小小说的地位，完全是因应时代变化的新课题。

一、小小说研究的意义

"小说"是一种以刻画人物形象为中心、通过完整的故事情节和环境描写来反映社会生活的文学体裁。"小说"前面加"小"，合起来叫"小小说"。日常生活中，人们都会注意"小"与"大"的存在，"小"与"大"是相对的，是指面积、体积、容量、数量、强度、力量不及一般或不及所比较的对象。前面说过，"小小说"是相对于"长小说"而言的体量小的小说，是因时代发展而兴起的一种新的文学样式，是一个"自有个性的新品种"①。

"小说"二字之前冠"小"字，不但是有意味的，而且是有明确指引的定义，也就是说，"小小说"相对于长篇小说、中篇小说、短篇小说，在容量和体量方面，是明显不及的，"小小说"作品在时间的跨度、叙事的范围、故事的深浅、语言的释放、情节的张弛、人物的塑造等方面，囿于字数限制和篇幅制约，不能纵横捭阖、滔滔不绝，但是就我国文学的发展史和人们对审美意趣来看，则"小"有小的好处，所谓"小中见大""以小见大""微言大义"等等，人

---

① 茅盾：《一鸣惊人的小小说》，《百花园》2004 年增刊

小小说艺术

们是可以从小小说中得到或发现不一样的东西的。"幅小天地宽，文短日月长"，小小说的"洞天"，是可以"一滴水照见太阳的"。因而，简约、节制、省简、精炼，从审美层次来看，是符合人民群众对文艺作品的要求的。

有的人把小小说的兴起归因于生活节奏的加快，我想，不全是这个原因。从文学发展史来看，《诗经》、《楚辞》、汉赋、骈文、唐诗、宋词，均非鸿篇巨制，而以精美短小为主，它们分别成为不同历史时期的时代流行文体，受到人们的追捧，这些文章，大部分朗朗上口、通俗易懂、短小有味，容易被人们所耳熟能详。这是其一。其次，就文艺"百花齐放"而言，小说发展到一定阶段，总会自然而然地裂变，这也符合事物发展规律。"裂变"不只存在于物理世界，也存在于价值取向上。汪曾祺先生曾说："更重要的原因，恐怕是读者对文学样式的要求更多了。他们要求新的品种、新的样式、新的口味。"[1] 从这里可以看出，小小说的最终发展结果，是演变成一种有着独特气质与追求的创新型文学样式。小制作，大市场，小小说一开始便自有其天然生存的法则和土壤。

存在就是合理。有人爱读，有人爱写，有人爱评，这就是现实。这个现实状况，体现了文学艺术的自由之精神、市场之选择、人们之喜好、时代之要求。小小说不但有"才

---

[1] 汪曾祺：《关于小小说》，《百花园》2004 年增刊

气",而且存留于天地之间,它吸纳日月精华,吐露红尘珠玉,展现人世芳菲,是受到人民群众欢迎的。

对于人民群众欢迎的好东西,我们自然不能丢弃,不但不能丢弃,还要创新发展,以求别开生面、卓立于世,给大众文化以新鲜气质和美的享受及精神追求,为社会构建公序良俗和核心价值观。而蓬勃生长的小小说研究,应该用发现的眼光,对反映重要社会问题、关注命运和人性、充满哲思境界、凸显文化属性的小小说,将其以小见大、微言大义的无穷魅力予以关注和公正、客观的评价,共同为社会贡献小小说独具特色的文学之美。

笔者所在的东莞,小小说虽然起步较晚,但是却也有后来居上的趋势,诞生了不少优秀作品。在东莞文学百花园里,小小说早已经是东莞文学的重要组成部分,是"文学莞军"重要的生力军。东莞小小说从桥头镇兴起,桥头小小说从2008年开始,迄今已经历了十五年的发展历程,全市每年生产的小小说作品数百件,不可谓不惊人。但是,我们也应当看到,大多数作品是跟着感觉、跟着潮流走的,震撼力或经典性作品还期待未来有所突破。作品能否走得更远,文学评论不可或缺。当前小小说理论探索方面的薄弱现状,与当前小小说创作的"跃进"态势和其他文体近年来的强势影响,差距是明显的,无论是东莞小小说,还是其他地方的小小说,都迫切需要新的理论来引导和推动小小说的未来创新与发展。

二、小小说与文学发展

小小说是一种特色文学样式,是文学发展到一定阶段的产物,反映了时代进步的需求,是潮流文化的新载体。小小说与民间文化有一种天然依存的关系,民间文化给它提供极其重要的滋养。正因为它根植民间,接地气,因此,中国当代小小说文体倡导者、著名评论家杨晓敏给小小说形象地定义为:小小说是平民艺术。这表明,具有五千年灿烂文明的中华大地,有小小说赖以生存的土壤,来自传统文化的影子为小小说镀上了古典、古朴的气质,因此,它是有足够养分的,是有筋骨的,受到人们的青睐也就不足为奇了。

但小小说又是前进的,是新潮的,是跟着时代的步伐向前,这也很好地表明它的柔韧性和创新性。它契合当下,充分利用科技创新成果、科技应用,特别适合新兴阅读方式——手机移动阅读,因篇幅短小且故事性强、文学性和思想性兼有,而受到现代人的青睐,成为最贴近民众生活、迎合现代人时尚阅读的最受欢迎的纯文学样式之一。

(一) 小小说特征

小小说具有时尚性、大众性、民族性、网络性等特征。

时尚性,主要是紧跟时代发展,适应信息社会,贴近读者阅读习惯,用"快速""短小精悍""敏锐"来反映时代的新颖性、新鲜性、新奇性的问题,用"高浓缩""高精度"

"高密度"呈现时代主题，题材开掘具有时效性、前卫性特征，以多棱镜的广角和视角，快速反映社会现象和生活本质，现代气息浓郁，与流行的休闲娱乐合拍，可以说，小小说是跟着潮流走的。

小小说与唐代的诗、宋代的词、元代的曲，都是时代的产物，引领着文学向纵深发展。从小小说的发轫，也可以找到它的时代性和时尚性特征。青年评论家雪弟在《小小说第1堂课：小小说是一种独立的现代小说文体》中说："'小小说'这一名称最早出现于20世纪20年代。据湖南工业大学张春教授考证，1920年《民生月刊》第3期刊发《夫妻谐好》时，首次标注为'小小说'。"（见公众号《活字纪》2018年3月15日）20世纪早期，中国文化界掀起新文化运动，"小小说"伴随文化革新出现，不应该感到惊讶，它与当时报刊业的发展和读者的需求有关。时间到了1958年，这一年是我国国民经济发展特别值得铭记的一年，社会主义制度下的工人、农民和知识分子，在总路线的鼓舞下，人民的干劲空前高涨，劳动生产和时代中心任务密切结合，他们很多人成为业余作者，用银钩铁画的笔触描画新战线上的人物风貌和革命豪情。"在这一年的2、3期《新港》杂志上，老舍发表了《多写小小说》的评论。"[①] 劳动热潮下，长篇大部头作品肯定不能快速反映时代特征，带有故事性的小小说

---

① 雪弟：《当代小小说理论研究之火花》，《百花园》2004年增刊

小小说艺术

显然迎合了时代要求，当年的《人民文学》《萌芽》《雨花》《奔流》《长江文艺》竞相刊载小小说，很快掀起了小小说创作高潮。

大众性，是小小说的一个文化特质，特别具有平民性特征。著名评论家杨晓敏将小小说定义为"小小说是平民艺术"，这里的"平民"二字，实际上说明小小说的阅读介质、生存土壤、传播范围、影响深度，是与人民大众分不开的，"平民性"与小小说与生俱来，亿万群众是小小说赖以生存和发展壮大的基石，广大的读者群，多元文化下的精英文化、大众文化需求日益扩大，人们的阅读追求、欣赏习惯，无不在快节奏的生活里，寻找与时间相匹配的阅读对象，小小说因为平等性的平民路线和平实的非教条式的写作给大众留下深刻印象，人民群众在小小说的阅读中，找到心理上的平等交流，不知不觉中实现养性情、愉悦心灵、捕捉时代气息的收获，无处不在的"适应性"，就像大地的根须，深深扎入大地的血管，与人民群众水乳交融、同频共振，很好地贯彻了党的文艺路线方针，为人民群众提供了丰富的精神文化食粮。

民族性，小小说的取材、题材，继承了我国的文学传统和文化养分，民间故事传说、历史逸闻趣事、民俗风情、社会演进等等，大量融入小小说，审美意趣上对传统文化价值和时代进步要求完美融合，价值倾向上，深深打上了民族性特质的烙印。比如孙方友的陈州笔记、冯骥才的天津记忆、相裕亭的盐河叙事等地域小小说，申平的动物系列、蔡楠的荷花淀系列，还有工业题材、乡村系列等等，各个作家的个性化表达，无不体现"民族性"价值取向，而小小说本身的故事性叙事，符合民族传统，也为广大读者所认可。

网络性，网络空间有多大，小小说的市场就有多大。"全世界没有哪个国家的网络文学能像中国这样发展得这么快，这么繁荣，这么有影响，成为一个产业，构成一个强大的社会文化现象。"[①] 小小说在网络文学中占有一席之地，在中国网络化的发展中发展迅猛，读者覆盖各行各业、各个阶层、各个年龄阶段、不同性别、不同民族，在网络化的推进中，小小说的传播、影响，随着网络的快速扩张而成为时尚的香饽饽，成为独特的文化现象和文学现象，小小说的横空出世，某种程度上改变了人们的阅读习惯，网络性特征十分明显。第49次《中国互联网络发展状况统计报告》显示，截至2021年12月底，我国网民总规模为10.32亿，互联网普及率达到73.0%，互联网应用规模位居世界第一。截至2021年12月底，我国网络文学用户总规模达到5.02亿，较去年同期增加4145万，占网民总数的48.6%，读者数量达到了史上最高水平。小小说依托互联网，产业化趋势越来越明显，并且趋于集群式、集束式、区域化，立体传播、线上线下交流，小小说的社会化意义十分突出。

---

① 欧阳友权：《网络创作能否打造文学经典》，《上海文化》2021年第8期

小小说艺术

(二) 小小说的演进

小小说与国运、文运紧密联系在一起。到了 20 世纪 80 年代，国家政治稳定，改革开放的春风让人们的精神面貌焕然一新，随着新形势、新问题、新矛盾、新观点、新思维、新成就的不断产生，政治、经济和社会、文化发生深刻变化，人民群众面对日新月异的生活变化，如何及时、生动、形象地反映社会生活，凸显沧桑巨变，人民群众对文学艺术的追求，提出了新要求和新希望。而伴随改革开放的春风和脚步，小小说"'幽灵一般'成长壮大。它简约通脱，雅俗共赏，这种以民间兴起的文学诉求，让原始性的文学情结复苏萌动，并提升到了一个空前高涨的热爱程度。"[1] 小小说迎来繁荣发展的好时期。

我国古代文学作品见之于世，相当一部分是"即席赋诗""题壁""书赠"等形式，后来出现"刊刻"，多半是基于表达或展示的心理。

小小说作为文学的一个新品种，从开始发轫、自觉演进与渐次拓展、兴荣，它的文体意识的苏醒与显露，主要是由作为主体的作家和作为客体的报刊、出版机构以及敏锐而又热情的文学评论，共同发力，才拱卫起近些年来的小小说大厦的强势矗立，互相作用之下，才出现今天的繁荣兴盛局面。

---

[1] 杨晓敏：《小小说图腾》，杨晓敏自述公众号，2019.6.27

古代，小说是不登大雅之堂的。现在，长小说、诗歌、散文等固有文学样式占据绝对地位，有些人就心态不平衡，心里很有优越感，唯我独尊，瞧不起"小小说"，其实，他们的目光是短视的，或者是气度偏狭的，他们的观念最终会被历史潮流所淹没，小小说人要有这样的自信和硬气。

在我国源远流长的文学发展史上，有两种明显的风格，一种是非常精炼，挑不出任何一个多余的字，这在古文当中体现得比较好。另一种是辞藻华丽、文采风流，这在诗歌中较为常见，传递美好，讲究修辞，富有美感。通常意义上，中国人的审美有四个层次，呈金字塔状，从上到下分别为艳俗、含蓄、矫情、病态。就喜好而言，以唐诗宋词为代表的文学作品，多在第二层"含蓄"。唐诗宋词短小精悍，流传很广，传情达意，却需要慢慢体会其中的美，如果直接理解，往往差之毫厘，谬以千里，寡而无味。"含蓄"之美是中国古典诗学中特别重视的一个问题。晚唐诗人司空图（837—907）的《二十四诗品》，把"含蓄"作为其中的一品："不着一字，尽得风流。"可见，对"含蓄"美的重视，一直是中国诗学的一大传统。汪曾祺先生说过"小小说则应有更多的诗的成分"，我深以为然。小小说"有蜜"，即有诗意，是一件多么美好的事情，明末清初的王士禛说"诗如神龙，见其首不见尾"，这样的小小说无疑继承了长久以来文学的"含蓄"之美，特别是留白和笔墨情趣，让小小说意犹未尽，本色天然，却想象丰盈，有人说，小小说是留白

小小说艺术

的艺术，这又与中国画之讲究相通，追求神似，注重意境，气韵生动，笔墨传神。

从小小说的写法可以清晰地看出，很多作品继承了中华文学的精髓。而从时间经纬来看，从 20 世纪的 1978 年算起，到 21 世纪的 2018 年，时间整整四十年，这四十年中华大地最强有力、最响亮的关键词，同时又是与人民群众关系最密切相关的，无疑是"改革开放"。经过四十年来的摸索、创新和发展，国家的气象，一直在向好的方向发展，国运上升是不争的事实。小小说在 40 多年的不断自我发展、自我壮大、自我完善中，它的影响力和民众的接受力，都在显著地不断攀升。因此，时间的节点，让评论界和小小说界敏锐地找到了界定点，也就是总结点。任何总结，对于后续的指引和推动，都具有不可或缺的潜在影响。2018 年，各省分别推出"改革开放四十年 40 篇小小说"评选，这是一种历史性的自我界定，对于昨天来说，做了一个很好的历史性总结，对于未来，则有着自我启示、自我嬗变、自我发展的作用，因此，就其意义来看，这种总结对于未来的小小说，是影响深远的。

因为，小小说始终在传承、发展、创新的路途上，它将自己的历史使命、文学美质和文化追求，与人民贴近，与时代同行，与心灵契合，就前景而言，是充满希望的，是广阔的，是有着无限生命力的。

当代小小说文体倡导者杨晓敏先生在金麻雀网刊平台推出了"我的数字人生"，他用坚守者的姿态和引领者的睿智，用日积月累的梳理，为小小说留下了记忆性的、史料性的、系统性的、总结性的文学资料，它的价值，用"存证留史"来形容，是客观的，也是可信的。他说：

"40年来，经过有识之士的倡导规范，经过报刊编辑的悉心培育，经过数以千万计的作家们的创作实践，经过两代读者的阅读认可，小小说这种具有鲜明时代特色的文学新品种，终于从弱小到健壮，从幼稚到成熟，以自己独特的身姿跻身于中国文学的神圣殿堂。这不能不说是新时期文学史的一种奇迹，一个有创新性的、与时代进步合拍的文化成果。"

小小说相对于文学发展之路，它有自己的独特规律和前行轨迹，只要真正的文学之心不死，只要神圣的文学灯塔不灭，只要虔诚的写作大军不散，聚合力与创造力，在未来的日子里，将让小小说变得越来越魅力四射，越来越为人民群众所喜闻乐见。小小说的"巨匠"们，文学的神圣光环，将会为他们加冕。

三、小小说的文学层次

在我国，儒、道两家的思想源远流长，内涵深厚，影响很大。

文学艺术与它们没有分割，也没有距离。二者相互作用，相互渗透，相互影响，塑造了谦和、文明、向上的民族气质。

小小说艺术

儒家诗教主张"美""刺",要求委婉曲折,温柔敦厚,乐而不淫,怨而不怒。道家则认为"天地万物生于有,有生于无"(《老子》)。儒、道两家,都重视"无"与"有","虚"与"实","内"与"外","言"与"意"之间的辩证关系。

小小说毫无疑问,不会回避这样的呈现。老僧的笃定和老道的逸然,对小小说而言,实在是有着不可言喻的妙趣。

人们确实需要这样的小小说,就大众来说,小小说不可忽视的层级,在人们眼里将是可见的。无论写作者还是阅读消费者,都是基于以下层次的需要。

一是情感的需要。社会是一个组合体,大到国家、民族,小到个体、个人,都要找到情感的归属。关爱与和谐、励志与奋斗、交流与融合,感情上的需要是现实的。需要与激励、与思考、与认知、与判断、与交流联结在一起,关系交织,都是靠情感来维系的,而小小说有其优势,可以成为人们欣赏的载体和情感融通的纽带。

二是价值的需要。当情感需要同一个人的工作经历、教育经历、生活经历以及信仰经历扯上关系,美与丑、善与恶、真与假、是与非、明和暗、黑与白,对立统一中,如何提供判断,作品本身和社会认同,就有了价值倾向。没有无缘无故地写作,也没有无缘无故的阅读,二者都在寻找一个看不见、但相信存在与启迪的珠玉,小小说在其中承担着自己应有的能量。

三是希望的需要。无论较高层次的需要,还是普通层次的需要,都离不开"希望"。"希望"是现实世界和精神世界的最高追求，是人的内在要求，是价值的终极目标，是生命生生不息的源泉，有着极大的统合力和推动力。个人理想、抱负，国家、民族的空间、未来，无不与"希望"二字相连。人的最大快乐，就是在能量范围内自我实现自己的希望价值，让精神和物质获得自我满足、自我安慰和自我肯定。"希望"因人而异，"实现"各不相同，但是精彩的人生、富足的空间、和平的环境，都是一致的。小小说用"微言大义""小中见大""管中窥豹""以小博大"的方式，用各种尝试与经验的笔触，进行不同形式的文化传播，致力于文学和社会的相互作用，传递希望的价值取向，因而，它有根基与土壤，自身的发展具有社会能动性，它是发展的，不是静止的，就像一束光，无论遥远与否，希望都是永恒的、光明的、吸引人的。

对一个小小说写作者来说，花大量或毕生的精力，追求到小小说的神韵，用层次的结构之美，凸显艺术形象；用作家主观和客观的理解、把握，传递人格美、情操美、道德美、理性美、生活美的审美意趣；用形象或象征意味，表达历史、现实与未来，审美层次高度和谐地统一在一起，小小说的意蕴和流光，就不言自明了。

南朝萧统说"事出于沉思，义归乎翰藻"，研究小小说当前的事和理、文与脉，虽言不由衷，但我的心是至诚的，是经过了一番思考的。

小小说艺术

广东小小说的地域特色

关于广东小小说的地域特色问题，我想从两个方面进行交流探讨。

一、广东小小说的地域特色

在分析广东小小说的地域特色之前，我先分享一个故事。2015年，清华大学给被录取的学生寄录取通知书，与通知书一同到达学生手里的，有一个特别礼物，就是一套《平凡的世界》，据说清华2015级新生还写了《平凡的世界》的读后感。这个事件有什么意义呢？我想大家可能都有一个同感：第一是"文学的力量"；第二是"小说的力量"；第三是"写作的力量"。

这个故事与"广东小小说的地域特色"有什么关联吗？

关联当然是有的。我们现在探讨的是广东小小说的地域特色，那么，《平凡的世界》是一本小说，被当作礼物来送，有什么意义吗？大家可能都知道，路遥（1949年12月2日—1992年11月17日），本名王卫国，出生于陕北榆林清涧县，是中国当代作家，是文学陕军的一个重要人物，因而，这个礼物的地域意义是不言而喻的，彰显着陕西的地域特色，《平凡的世界》成为陕西的一张文化名片。

当然，这是长篇小说，与我们探讨的小小说话题似乎离得太远，但是，我是这么想，小小说是小说的四大家族之一，是小说的四根台柱子之一，既然都是小说，自然有它们的共性，那就是"小说"。

这就有意思了。我想所有的读书人，都读过"小说"，不管是长的，还是短的，只要是小说，几乎没有人没有读过。而且，走出校门，走向社会，不管你是什么职业，大家都爱看小说，就是诗人、散文家等等，也不例外。这就说明一个现象，就是最受社会大众和读者关注的文学体裁，其实就是"小说"。

这里有两个现象请大家注意：一是大众性和社会性。最受社会大众和读者关注的文学体裁就是"小说"，小说的受众面主要还是在社会大众，这与著名评论家杨晓敏提出的理论"小小说是平民艺术"的论断是声息相通的，小小说是平民艺术，普通百姓喜欢看，精英人士也喜欢，这个现象说明，小小说的市场和潜力是巨大的，我们从事的小小说写作也是有意义的。二是地域性和文学性。《平凡的世界》是文

小小说艺术

学作品，是小说，被当作礼物送出去了，这是陕西作家、作者路遥的光荣，地域性与作家关联在一起，文学与社会关联在一起，彼此融合，相互浸润，文学的地域标签，在社会需求面前，地理标识意义在这里是凸显的，是有着特殊意义的。清华大学送长篇小说欢迎新生，这本身就是非常有意思的文化事件。广东小小说某一天有没有这样的历史际遇，谁也难以预料。

回到"地域性"话题。按照粤港澳大湾区的蓝图，粤港澳大湾区由广东省的广州、深圳、珠海、佛山、惠州、东莞、中山、江门、肇庆九个珠三角城市和香港、澳门两个特别行政区组成，总面积5.6万平方公里，总人口逾7000万人，粤港澳大湾区与美国纽约湾区、旧金山湾区、日本东京湾区并称为世界四大湾区。粤港澳大湾区将是中国开放程度最高、经济活力最强的区域之一，在国家发展大局中具有重要战略地位。广东小小说置身在这样一个宏大的经济圈中，它的存在意义和未来应有的影响力，必然是十分引人注目，地位也是十分重要的。

2020年是广东小小说一个重要的年份。这一年，小小说理论家、事业家杨晓敏称赞广东小小说出现了"广东小小说现象"，评论家李晓东把广东小小说明确定位为"岭南派"[①]。这些论断，都宣示了广东小小说的广东地域特色。

[①] 引自《广东小小说的三个重要特点》，广东省小小说学会公众号，2020年12月11日。

作为经济大省和文化大省的广东,广东小小说从诞生那一天开始,就与得天独厚的广东地域紧密相连。

因此,广东小小说的地域特色,首先表现在,它是岭南历史文脉与时代精神相融合的一种独特的特色文学现象。众所周知,岭南文化,源远流长。其中的广东文化,在岭南文化中地位举足轻重,广东是岭南文化的核心区域,广东文化是岭南文化的重要组成部分。广东文学是广东文化的重要体现,广东小小说是广东文学的重要组成部分,这个关系,让广东小小说有一种地理上和视野上的优势,就是背山面海,具有开放性、包容性、创新性、与时俱进等鲜明特点。小小说粤军的本土军团,队伍庞大,为新时期小小说文体的发展起到了重要的促进作用。"近十年间,广东小小说的成大壮大令人瞩目,可以看作全国小小说业界的重要组成部分"①,不脱轨,不故步自封,永远与时代相向而行,显示了"自强不息,海纳百川,厚德务实"的精神。

广东小小说的地域特色的第二点,就是它具有鲜明的平民性特征。中国没有贵族,而广东又是流动人口特别多的地区,可以说来自五湖四海,省际融合,民族融合,达到前所未有的地步,经济总量和经济活力大,入粤作家也很多,这些流动人口,大多是来淘金的,他们的身份和标示,显示普通民众多于精英分子,而写作中的作家和读者绝大部分是平

---

① 引自《岭南小小说》2020年第一期 P001 页。

民,作家爱写,百姓爱看,这就是真实的社会现象。"小小说是平民艺术",这个论断,在这里可以找到活生生的例子,严格地讲,这里就是试验场,相比于其他省份,无论人口密度,还是它的人口流动性,以及每个人的普通身份特征和参与的广度,在全国都是独有的,换句话说,小小说的"平民性"特征、广东小小说的独特气质,在广东可以找到最好的证明,为"小小说是平民艺术"提供了强大的说服力。

广东小小说的地域特色的第三点,就是它的开放性特征。开放性,主要表现在两个方面,一是融合、包容。入粤作家占很大比例,他们与本土作家共同发力,支撑起广东小小说的宏伟大厦,这批人从地理、经济、社会、文化等全方位融入,具有很强的适应性和融合性,同时,本土与外省市因为政治、经济和文化的紧密相连,又敞开胸襟,接纳、包容,形成入粤作家和广大文学爱好者,形成百花齐放的良好格局。值得一提的是,其中,女作家比例很大,而且很活跃,广东小小说创作队伍的"娘子军",实力不容小觑。融合、包容和开放,始终与广东小小说血脉相连。二是"请进来,走出去"的战略思想始终贯穿广东小小说的成长史,这是广东小小说与全国小小说融合的好举措。东莞桥头小小说的《荷风》改稿会、一对一辅导培训、名人名家效应等等,惠州小小说的小小说大课堂,佛山小小说与中国微型小说学会的创作基地等等,都是外向型思维战略,名人名家名刊名编,纷至沓来,借助外力,广东小小说得以不断夯实基础,培养人才,壮大队伍,锤炼精英,搭建平台,然后实施软着陆,对外抢滩占领阵地,一些作家的优秀作品频频在全国各地亮相发表和获奖,成绩令人刮目相看,同时也为广东小小说赢得了外省市的尊重。

广东小小说的地域特色的第四点,就是它的本土性特征。广东小小说粤军,是由本土作家群和入粤作家群组成的,其中,本土作家比重很大,而且涌现了一大批实力型作家,比如韩英、何百源、林荣之、吕啸天、朱文彬、李济超、海华、莫树材、陈振昌、朱红娜、王溱、朱耀华、林永炼、吴小军、陈树茂、陈树龙、张俏明等,这是一批"走不了"的作家,另外,一大批移居广东、定居广东的作家,事实上也入流归土,成为新的本土型作家,他们组成强大的小小说粤军,其中的一批佼佼者,摘取了"小小说金麻雀奖""全国小小说优秀作品奖""蒲松龄文学奖""冰心儿童图书奖""金牌作家""小小说星座""闪耀之星"等,广东小小说十年间,风生水起,实力不可谓不强劲。

广东小小说的地域特色的第五点,就是它的企业联姻,横向发展。全国也有不少文学活动是与企业联姻,但广东小小说更有力量。典型例子,比如,广东华通装饰工程股份有限公司、东莞晟匡塑胶制品有限公司、广东美塑塑料科技有限公司,这三大公司与广东小小说联姻,助推广东小小说的探索、创新和繁荣发展,贡献巨大。大家都知道,广东省小小说学会与广东华通装饰工程股份有限公司联合举办了广东

小小说艺术

省小小说"双年奖",迄今已经三届,意义重大。东莞(桥头)小小说创作基地和东莞晟匡塑胶制品有限公司联合广东省小小说学会、《小小说选刊》共同举办面向全国的"扬辉小小说奖",至今已经举办了四届,该奖已成为小小说全国层面的大奖,被誉为全国小小说的"风向标",作用和意义更是受到业界的广泛好评与赞赏。东莞(桥头)小小说创作基地联合广东美塑塑料科技有限公司,自第五届起共同举办"美塑杯"东莞市小小说创作大赛,迄今已连续举办了十届,大赛对东莞小小说的创新推动,作用非常明显。这些说明,广东小小说一开始就贴近民间,得到人民的支持,它的根基牢固,生命力无限强大。

广东小小说的地域特色的第六点,就是它的网络性特征。广东已成为全国小小说作家的摇篮。网络性,不但是全省小小说借助网络实现了互联互通,更重要和更显著的特征是广东已日益成为全国小小说作家的摇篮。很多外地作家(包括一些成名作家)从这里起步,日益迈向全国。广东小小说的文学活动丰富多彩,吸引一大批外地作家加入,他们的作品借助广东的平台,得以系统推介和宣传,使得他们的作品以更快的速度与全国的报刊对接,进入媒体视野,进入发表和获奖的快车道。比如,东莞的《荷风》杂志,创刊五年以来,有300多篇原载佳作登上《小说选刊》等选刊、年度选本、排行榜,有的还进入全国省市语文试卷,重要平台实现二次着陆,影响力非常大,辐射力不断扩大,其中,这里面有很多作品是外省市的作家作品，我们直接为他们打通了最后一公里；再比如，《嘉应文学》《宝安日报》《梅州日报》《佛山文艺》等等，很多外省作家纷纷在这里抢滩；再比如，影响力日益扩大的"扬辉小小说奖"，已成为真正意义上的全国层面的小小说大奖，具有风向标一样的影响力，地位是业界人士纷纷青睐的一个奖项；还有网络阵地，比如《活字纪》推出的月度排行榜、重磅推介等栏目、《桥头文学》推出的"小小说专辑"和"一人一篇小小说"创意推介等等，这些强大的网络平台，利用空天一体，为外省市很多作家不吝推介，引起全国关注，这些现象，一方面通过网络实现了本省小小说作家的整合，另一方面也陆陆续续培养了全国小小说的写作生力军，成为名副其实的全国小小说作家的摇篮。

二、如何使广东小小说呈现更明显的地域特色

广东小小说的强势发展是不可逆转的现象，但如何使广东小小说呈现更明显的地域特色，还是值得各路精英加以探讨。在小小说创作和小小说发展方面，我粗略想了想，总体思路和想法有以下几点：

（一）广东小小说要有"大历史观"。

2021年2月20日，习近平总书记在党史学习教育动员大会上指出，要教育和引导全党树立大历史观。我们小小说

小小说艺术

写作,应该也要有这样的眼光和格局,探究历史本来面貌和经验总结,提供对于现实与未来的种种思考,启迪智慧,砥砺品格。去年,我在《小小说的思维与风尚》一文的讲演中说,要将个人故事与国家故事有机融合,要看得见民族的血泪史、奋斗史、成功史,作为文学史,我们要看得见文体流变史,学习其他文体的优秀品质,更好地写好小小说作品。广东历史源远流长,波澜壮阔,可供作为素材的例子很多,如何在历史中探幽烛微,考验一个作家的眼力、脚力和心力。前两年,我写了一些先贤题材的小小说,比如《将军烈》《过洋乐》等,以《将军烈》《过洋乐》为例,里面写的是几个岭南惊心动魄的历史人物。《将军烈》写明末清初岭南三忠之一的张家玉,这个人了不得,33岁的大好年华,就在中国历史,特别是岭南历史上留下浓墨重彩的一笔。他明知抗清必死,还要起兵勤王,一个书生的大是大非、激流抗争精神、人格魅力非常震撼;《过洋乐》写的是六百多年前的宋末理学家李用,这个人不应该湮灭在历史长河里,他的高尚品德和学问以及对于中日文化的交流,都有不能忘却的记忆。有兴趣的爱好者,可以去翻看他们的历史资料,对于今天的文人,我认为他们的浩然之气,永远长存。

(二)要始终重视社会化意义,坚持平民性,不要忽视千百万在经济社会中苦闷和苦恼的年轻人。

这批年轻人,有逃离土地和固守土地的困惑与烦忧,有城市边缘人与城市人的矛盾和压力,有天各一方或不能长相厮守所带来的情感困惑、现实困难和生理需求，苦闷和苦恼的年轻人，是社会潜在的危险，也是社会建设的生力军，同时更是广东小小说需要积极争取、产生共鸣和团结支持的强大力量。这些人爱看小小说，他们把小小说当作舒缓压力的重要载体，小小说的社会化意义，有一点就是在于为民开智，转移风险，清除国家潜在的不安定因素，为国家长治久安和社会稳定提供重要的文化支撑。小小说创作，需要把这群人当作描摹的对象，团结的对象，积极争取的对象，这群人是广东小小说的同盟军，是广东小小说稳定的市场化支持的可靠保证。夏阳的《马不停蹄的忧伤》，这篇作品，一定程度上，这是一篇社会问题的小说，人生需要理想，也需要归宿，自强不息是年轻人的秉性，而历经岁月沧桑事业沉浮后，落叶归根亦是年老时的必然归宿、演变，这是自然之理，也是人生之理。当然这篇作品的最大特点是"忧伤"，关于忧伤的话题，以后有机会再作专题报告。

（三）小小说写作要有利于社会的公序良俗的道德建设，不要违反公序良俗。

中国是一个十分重视"德行教化"的国家，广东小小说在这方面更是大有可为、大有作为。作为流动人口大省，广东小小说的创作方向和创作任务，就是要为社会主义服务，为人民服务。众所周知，公序，指的是公共秩序，是指国家社会的存在及其发展所必需的一般秩序；良俗，指的是善良风俗，是指国家社会的存在及其发展所必需的一般道德。公

小小说艺术

序良俗指民事主体的行为应当遵守公共秩序，符合善良风俗，不得违反国家的公共秩序和社会的一般道德。中华法系偏重伦理性的法律精神，我们的小小说创作既要符合国家的大政方针，又要关注地方社会的民风民俗和道德伦理，不能出现偏差性的误导，小小说始终要除恶扬善，弘扬正气，传递真善美，鞭挞假恶丑，成为社会稳定的润滑剂和万金油。

（四）小小说写作要把灵魂放在有镜子照耀的地方，让情感找到皈依。

人类社会发明镜子，这是一个了不起的发明。人，自身不可能完整地看见自己，对自身完整的自我认识来自"镜子"，只有"镜子"才能让人本身能够完整地看见自己。小小说提倡"微言大义""以小见大""小孔成像"等质量要求，小小说写作者要学会做"镜子"，这个"镜子"就是优秀作品。作品通过塑造灵魂，形成虚拟的镜像，让人把它当成"镜子"一样照见自己，检视错误，修正自我，达到日日三省吾身等等对比性功效。有一篇经典作品《谁先看见村庄》（作者：黄建国），这篇文章的"镜像"是描摹了一个可怕的社会现象，一对从繁华的南国打工归来，在临近村庄的时候却有了迟疑的脚步和迷乱的目光，这与归乡的急迫心情形成鲜明对比，她们擦啊、抹啊，是为什么？故乡的人不相信她们挣的是干净的钱，作品没有写清楚，但是，经历那个时代的人，完全感同身受，那个时候世俗的怀疑眼光和口水，是足以杀死人的，小姑娘要回到自己原来村庄，然而

"黑夜像汹涌的墨水湮灭了她们",这就呈现了有意味的质感,使得小说令人过目不忘。

(五)小小说写作要虚构一个可以"相信"的未来和世界。

我们可以肯定地认为,读者读小小说,绝不是简单在获取故事和欣赏人物,很大一部分,他们在获取知识和智慧的力量。一个作家为什么要写作,这个问题其实很简单,大家都想传递或分享一种思想或方法。有人认为,一个作家的终极目标是"探究可能自我与自我的关系",这是有道理的。我们自身在看作品,多半也会把所有的事情和"相信"扯上关系,探究逻辑性和是否合理等等,这其实就是在把虚构的世界同"相信"的世界挂钩。比如,申平老师的动物小小说,表面上是写动物世界,本质上其实是虚构了人的世界,他写的那些动物如羊、红鬃马等,在现实中是可信的,人与动物的关系,是具象的,不是抽象的,如果移植的话,那些动物实际上是可以映射到人的,申平老师曾在一篇创作谈中提到自己的苦闷,就是他南下寻梦,也遇到这样那样的不平事,比如包括他自己在内的人才遭到打压,他的愤怒无法宣泄。但是,读者会相信他虚构的世界,相信动物的行为和动物的"说话",那种人格化的讲述,上升到人与动物的平衡关系和环保关系等等,这里面有很多智慧和经验在里面,读者是可以读出里面的味道的,有的是可以丰富自己的知识的。刘帆的《67号马车》,这个作品在历史的纵深处,通过意识流的描述，以极短的篇幅浓缩了一个人为革命事业牺牲奉献奋斗一生的画卷，波澜壮阔的世界，寄托着当年那些革命志士未来的"理想世界"，他们为之奋斗的事业是正义的，是成功的，是有价值的。当然，这篇小说借助诗意，在革命斗争的征途上，还建构了一个充满理想、浪漫与和平的"白桦林"世界，这些世界在1949年后都变成了现实，这就是虚构历史纵深带来的冲击力和社会化意义。小小说无疑是虚构的，但是有未来、有世界、有情感、有温度，只要合理，都是人物命运、社会场景、生活画卷和人文历史的再现。它可以帮助人回到现实世界，珍爱生活，热爱生活。社会上，很多人上当受骗，一方面可能与人的"贪婪性"等有关系，但另一方面，其实是骗子编造的虚构理由达到以假乱真的地步，他虚构的谎言和欺骗的手段，达到了可以"相信"的地步，小说本身是虚构的，作家的本事应该比那些骗子更高明，因为作家的想象力一定比他们高。

（六）小小说写作要涉及人的灵魂、自由与解放。

任何故事的讲述，都与人有关。不管你的创作手法是古典还是浪漫，或者是现实主义，写作成功的关键不是秀技巧，而是要展示思想内涵。这里面可以这样说，古典主义是要完成对人的理性的确认，浪漫主义是要完成对人的激情的确认，而现实主义则是要完成对人的自身的确认。对于人性的开掘，是希望通过对于人性的塑造，完成形而上与形而下的完美结合，不管人物的高尚与卑微，小说最终是要完成人的自由解放，让"他"或"她"变成活生生的人，可以是正面的，也可以是反面的，根据主题塑造人物，潜意识里、结构上要反映人的欲望与活动。人的意识是流动的，我们真正要写的是需要内心的小说。刘浪有篇作品叫《绝世珍品》，之所以成为"绝世珍品"，我认为作品其实重要的是用"利益"解放了作品中的老游和小谢的灵魂，让他们在朗朗乾坤下人性暴露无遗，遭到世俗的谴责。吕啸天的《一根鱼刺》也是如此，"鱼刺"的潜台词是要刺穿一些伪装者的面具，比如老禾因为伺候县太爷而县太爷偏偏被鱼刺卡了自己立马感到捅了篓子，觉得仕途无望就出走了，这种人当官动机不纯，一根鱼刺就让他彻底解放，露出本来面孔，作品对人的确认性解放，对县太爷老季的"立体成像"大有帮助，因为他是真心实意想为老百姓做事的。在一根鱼刺面前，老禾投机巴结失败原形毕露、小孟落井下石狐假虎威、老季心如明镜表里如一、鱼一招畏官如虎选择逃亡，一根鱼刺让这么多人"解放"出来，作品自然是成功的。另外，我坚持小小说要有预言式的探索，打个不恰当的比方，有些女性潜意识里是希望自己变成"白骨精"的，因为她们相信自己的美丽。想象不到的地方，必定充满了预言，小小说不要写得太死，要找到"高下"的比拼点在哪里。

（七）广东小小说要有明确的使命与方向：

一是出经典作品；二是出著名作家；三是形成一支举足轻重的小小说写作生力军；四是打造广东小小说特色文化品

小小说艺术

牌；五是举办丰富多彩的小小说文学活动，激发小小说创作潜能。比如，广东省小小说学会公众号推出的"每周一星"，迄今已推出 29 位星座作家，就很好。

"我写出一个小说，我希望流芳百世。我人死了，我把著作留在世界上。"这句话，我觉得挺好，最后分享给大家，希望对小小说写作也有所裨益。

广东小小说任重道远，又辉煌可期，请大家沉潜写作，一起努力加油。我相信，广东小小说的明天更美好。

备注：本文曾在 2021 年 2 月 25 日广东省小小说学会会员群讲座授课。

第二辑

实战探索

小小说艺术

理论评论文集

CHAPTER 02

小小说艺术

小小说不是平平淡淡的艺术

小小说很美，且不是平平淡淡的艺术，作为编辑，个人的感觉和体会是：

标题要好。这是很多专家学者一直提倡的，作品标题耐人寻味或鲜明，编辑多多少少回头率会高一些。

好的开头、好的结尾。有时候我从好的结尾倒过去看全文，比如蔡楠的《跑步鱼》的结尾："对了，你这可是咱雄安新区第一家跑步鱼呢！鱼篓又说。"为什么是第一家？鱼篓是个什么人物？一句话意犹未尽，需要检索前文，同时联想以后的第二家、第三家又是怎么样的？这里就有想象空间。

文本要好。作家要重视文本，雕琢好自己的作品，写出有技术含量的作品来，在尺幅之间，讲述奇特新鲜的故事，这里面有独特的人物形象、深刻的主题、充满意蕴的故事核。

个性鲜明。语言诙谐幽默有趣、情节跌宕起伏，具有作家的艺术个性和创作风格。举个例子，《荷风》2018年春季刊，我编发了《秤砣情》这篇小小说，这篇作品是桥头小小说创作基地成员刘庆华的佳作，被《小说选刊》2018年第5期收录转载。这篇作品写一对老年夫妇被接到城里的大儿子家生活，他们纯朴善良，二位老人在一起感情真挚，但不习惯城市生活，日益消瘦，就去空地种菜，但地太小，劳动量不够，于是又去捡拾纸皮、易拉罐等废品，但遭到儿子的反对，认为有损脸面。不久，老人又悄悄去工地干装沙、扛沙等苦力活，结果遭到儿子的反对，最后老人提出回老家，没办法，大儿子就打电话找弟弟商量，小儿子马上邀请父亲去天津，但没有邀请自己的母亲，于是故事发生转折，大儿子准备送父亲去车站的时候，老人拿出一杆秤，大儿子很奇怪，就问父亲，但老人谎称看不懂电子秤，就买了一杆秤，儿子看了看，就说那应该把秤砣带上啊，父亲说砣不在他这里，在你母亲那里。大儿子不解，父亲只好说你弟弟不让带你母亲一起去。父亲巧妙借用秤杆和秤砣分离，来教育儿子。儿子恍然大悟，秤不离砣，少年夫妻老来伴，让父母亲分离，不合人伦之理。小说语言朴实、诙谐，人物个性鲜明，主题贴近现实，很容易给人留下难忘印象。

刻画人性。人性的刻画是小说成功的关键之一，小小说更不例外。举个例子，我在《荷风》2017年夏季刊编发的《岛拉和米法》，该作品先后被收入《小说选刊》《微型小说

小小说艺术

选刊》等知名选刊。小说的主人公岛拉和米法这两个女人，她们就像"一把剪刀的两片"，从年轻时就互不服气，明争暗斗了一辈子。比工作、比老公、比女儿，连退休后是画画还是跳舞，也非要斗一个输赢。甚至，米法得了中晚期肺癌，两人嘴上还要斗个不停。其实，她们的心中是亲如一家的，甚至可以说是亲如一人。但人性的本质，在生活的旋律和生命的节奏中，呈现出人的两面性，正因为人物性格的两面性或多面性、对立性，文章才接地气、才精彩。因为人性的冲突，彰显了生命活力。作家内心的敏感和对人性的理解把握，使她成功地塑造了典型人物。这篇作品后来还入围了《小说选刊》"2017 汪曾祺华语小说奖"，这篇作品的作者是非鱼。

　　当然，文无定法，很多人有不同的创作手法，但文无定法应该指的是创作的自由和个性，不是说文体本身。相反，每个文体都有探索和总结，形成自己的特征，小小说也不例外，它有自己的套路和法度，这就是我和诸位学员们一起聚集到这里来探索的理由，目的是期待更加优秀的作品出现。

2018 年 1 月

如何提高小小说写作艺术

——以东莞荷花文学奖小小说获奖作品为例

小小说写作培训班今天授课，我要讲的题目是《如何提高小小说写作艺术——以东莞荷花文学奖小小说获奖作品为例》。

大家知道，东莞荷花文学奖是东莞市目前最高的文学奖，已经连续举办了七届，其中小小说奖举办了三届。也就是说，小小说奖是从第五届开始的，其中，夏阳、张俏明、刘帆先后荣获了第五届、第六届、第七届东莞荷花文学奖小小说奖。夏阳的获奖作品是《丧家犬的乡愁》，张俏明的获奖作品是《梅花烙》，刘帆的获奖作品是《67号马车》。

今天，我重点谈谈桥头作家的两篇获奖作品，也就是张俏明的获奖作品《梅花烙》，刘帆的获奖作品《67号马车》。

首先，这两篇作品为什么能够获奖？让我们来看看由曾经担任国内茅盾文学奖或鲁迅文学奖评委撰写的授奖词。

小小说艺术

第六届东莞荷花文学奖年度小小说奖
《梅花烙》授奖词

  一曲《梅花烙》，双韵落君前，古典情境与当代感受相逢而生意外惊异，画师小姐水墨奇缘，情义恩仇丹青画卷，让梅花情结焕发时光异彩，将唐代风韵引入当代生活，在婉转细腻的变化中构造玲珑剔透的意趣空间，让精巧流畅的叙事透出清丽婉约的美感，由情味简洁的形式见出含蓄深长的主题意味，而整一有致的结构摇曳舒展着诉说故事，小巧里透出大气，片段中流荡风情，咫尺间呵来历史，以精粹之美突破小小说的常见模式，体现桥头小小说的新气象。（终评委、华南理工大学教授徐肖楠）

第七届东莞荷花文学奖年度小小说奖
《67号马车》授奖词

  刘帆的《67号马车》是一篇以意识流形式写就的革命历史小说，形式与内容之间构成了奇异的张力，并包含了丰富宽广的社会生活内容。从地理空间上来看，从额尔古纳河、汉口到井冈山，纵向是心理空间，从失去爱人到成为党代表，在短短的篇幅内，浓缩进了一个人为革命事业牺牲奉献的一生。语言凝练，形式新颖，富有韵味，读来令人回味。有鉴于此，特授予刘帆的《67号马车》第七届东莞荷花文学奖小小说奖。（终评委、文学博士、中国作家协会创研部副研究员岳雯）

从这两篇获奖作品的授奖词来看，基本上可以看出具有顶尖专家水平的评委们亲自撰写的授奖词，代表了终评委的一致意见：即获奖作品代表了参评时候东莞小小说的最高水平。

这两篇作品的风格有所不同。《梅花烙》是以古典情境与当代感受相融合，写清丽婉约的美感，形式简洁精巧，主题含蓄深长，体现精粹之美。《67号马车》则不同，它是一篇以意识流形式写就的革命历史小说，讲究宏大叙事，包含丰富宽广的社会生活内容，突破传统小小说创作固化思维，有创新，就是小小说的形式与内容之间构成了奇异的张力，评委说"语言凝练，形式新颖，富有韵味，读来令人回味"，这是重点，说明小小说写作，必须有一个明确的态度：第一要与众不同，艺术形式、写作手法等要创新；第二要讲究语言艺术，要简洁，要凝练；第三要富有韵味，故事讲述要给人回味，也就是说余音未尽，留白等；第四要写自己适合的题材。这些问题没有千篇一律的定义，应该是根据自己的阅读和生活积累，依靠自己敏锐的眼光和内心独特的感知，去发掘素材的闪光点，然后进行深加工。

下面，我就来重点谈一谈，如何提高小小说写作艺术。

小小说艺术

一、小小说的艺术特质

小小说，是现代的独立文体，是一种时尚文体，它是小说的四根柱子之一。小说的四根柱子就是长篇、中篇、短篇、小小说。

小小说要具备小说的所有特质（小说的三要素是人物、环境、情节。人物是小说的核心，情节是小说的骨架，环境是小说的背景。主要手段是塑造人物形象。），小小说还有更为显著的特点，简单讲就是：小、巧、新、奇四个字。小小说之美就在于用有限的文字，写无限的感染力。这样说，大家可能还不明白，小小说不同于诗歌，诗歌也讲艺术感染力，但小小说不同在于，它有故事核，围绕故事核，你去调动艺术手段进行深加工，在这个过程中，小小说的艺术特质要把握。

小，就是篇幅短小。通常的说法或规定是1500字左右，虽然也有写得长的，但一般都会控制在2000字以下。

巧，就是构思奇巧。小小说需要克服篇幅短小的困难，在构思过程当中，巧妙选择创作题材、确立主题、设置人物（可以是正面形象，也可以是反面形象）、虚构情节、安排结构等等，在一波三折中让人物和情节进行片段式行动，捕捉瞬间故事发展、定型人物面貌、摄取典型环境等等。

新，就是立意新颖。小小说就是用有限的文字，展现文章无限的感染力。把握很好的视角，切中问题，运用小说手段，定位作品的艺术定位，反映作者的艺术情怀和思想境界。

奇，就是结尾奇巧。追求留白，想象闲笔，讲究出人意料，或令人拍案叫绝。

搞懂了小小说的艺术特质，你才能更好地认识小小说，写好小小说，这是基础，是入门。

二、如何写小小说

大凡写小小说的作家，必定具有捕捉生活精彩的能力。小小说是一种由大多数人能够阅读、大多数人能够参与创作、大多数人通过读写能够直接受益的一种文学艺术形式。说明小小说不是曲高和寡，高高在上，你随时都可以拿起手中的笔，去写。

小小说写作要如何进行？我认为：

一要想好标题。标题很重要，要特别，要醒目，画龙点睛，就是从这里开始，它决定文章的气质和走向。刚才说的《梅花烙》《67号马车》，篇目的标题就非常好，很特别。《梅花烙》这个标题首先传递了一种韵致，一段奇缘，它的画卷就像绘画一样，是水墨，是将要打开的水墨画。《67号马车》这个标题，非常醒目，容易勾起读者的好奇，它深藏

小小说艺术

的故事，一定会吸引人的眼球，它的故事情节、讲述手法、人物形象、历史画卷将深深镌刻在读者的脑海里。

二要给小小说人物起个好名字。我们取名字不要太随意，给小小说人物起名字有很多技巧，给人物起名字，有的用全名，有姓有名，有的用职位，有的用绰号等等，不管是怎样方式，一定要站在叙述者的角度。比如鲁迅文学奖得主冯骥才老师的《苏七块》，这个人物名字就特别有意思，主人公苏七块他是个医生，有个怪脾气，有个怪规矩，凡来看病，无论贫富亲疏，必须拿七块银圆码在台子上，人们骂他认钱不认人，背后喊"苏七块"，人物的名字与作品故事连在一起，是一整体。《梅花烙》里面的人物，没有特定的名字，就用了"画师"和"小姐"这样的称呼，这与水墨画相通，人物一看，形象就立在那儿。《67号马车》的人物主要是"杜侬侬"，也就是"杜掌柜"，"杜掌柜"这个人物名称符合当时地下工作者的身份，他开了一间商行，是老板。此外，还有秋之娟、砂糖、小白桦、高粱酒、猛犸人，这些名字都是代号，作为地下工作者，他们的真实身份是不可暴露的，都是用代号，因此，这些人物生活在作品里，他们就是一群从事地下革命斗争的仁人志士，是活生生的，就像一个个战士站在我们面前。

三要注重小小说的内在逻辑。就是说我们在虚构故事的时候，一定要注重因果关系的关联性，不能随意想怎么写就怎么写，故事情节的发展有内在的逻辑性，推着故事性走，这个故事如果让人生疑，读者就不相信，说明虚构不成功。打个比方，有一个现实与爱情的故事，女的家境不错，爱上师兄，跟他回家乡，生了一个女孩又一个女孩，后来又生了一个男孩，后来生活不好，这个女人没有工作，就远离家乡孩子去打工，有个作者把那个师兄写成是一位老师，这里就有问题了，不太符合现实，为什么呢？因为老师的职业比较稳定，养家糊口还是可以的，不至于因为生活艰苦让一个女人远离家乡和孩子去打工。《梅花烙》的小姐和画师，从身份一看就是优雅的人士，他们走在一起生出一段奇缘的故事，完全合理。《67号马车》，将故事的发生地点放在额尔古纳河畔的41号界碑附近，具体地点，如果你去旅行的话，41号界碑其实就在满洲里，满洲里是中国通往俄罗斯的内陆边陲城市，我们党，当年无数革命志士从这里前往莫斯科，寻求救国救民的真理，是重要的国际交通站，杜掌柜以开商行的身份作为掩护从事革命斗争，完全符合当年的形势，那里至今都是商旅往来的陆路交通点。场景、背景、人物身份都符合时代历史，因而，故事的内在逻辑是缜密细致的，体现了作者的匠心布局。

四要构思独特，故事要跌宕起伏。小小说不要平铺直叙，不要写得太直白，太直白就像白开水，没有味道。小小说只有1000多字，你要写活一两个人物，要让它血肉丰满，让读者为之心动，必然要巧于构思，故事讲述要一波三折，跌宕起伏，这里要说明一点，小小说不是简单地编故事，如

小小说艺术

果仅仅是编故事，那这样的作品必然寡味。小小说与故事的差异在于，小小说有思想内涵、有艺术品位、有智慧含量，小小说奥妙无穷，个中玄机，全凭作者下功夫去揣摩体味。《梅花烙》的构思是别致的，《67号马车》的构思是独特的。《梅花烙》柔美雅致，画师与小姐故事意味深长。《67号马车》刚柔相济，漫溢刚健劲道，峥嵘画卷，"人间正道是沧桑"，震撼力大气磅礴；但作品又处处洋溢革命浪漫主义的情调，符合人性追求；在肃杀的、沉闷的严酷斗争中，也有儿女情长，杜掌柜的传奇故事，人物的责任担当和理想情怀相融合，特别是默默无声的爱恋，极具震撼，白桦林的丰美意象，就像忧伤纯美的《白桦林》之歌一样：心上人你不要为我担心，等着我回来在那片白桦林。人格魅力生动鲜明，极具震撼，人物既有阳刚之气，也有爱恋情长，故事回肠荡气，回味思索韵味悠长。

五要讲究小小说的结尾。小小说文体比较特殊，因为篇幅短小，字数有限，小小说结尾，思维不要固化，不要一写小小说就想起欧·亨利的模式。结尾有很多种，但小小说结尾多用"陡转"，当然，这只是笼统的说法，"陡转"，简单讲，就是"情理之中，意料之外"，就像"点穴"一样，留白，余音未尽，让读者恍然大悟，既感悟作者深刻的哲思，又获得小小说构思奇妙的快感，意犹未尽。因此，小小说可以说没有解决问题的任务，解决问题的任务是交给科学家，小小说提出一个问题，不一定非要解决问题，或者说没有必要解决问题。小小说不是说明文，非要罗列几个解决问题的方式方法，小小说就是一种特殊的文体，它讲究艺术，而艺术有时候是只可意会不可言传。《梅花烙》的结尾"壶底处，一朵别致的五瓣梅花赫然在目"，这是惊心动魄的一笔，画师的惊异跃然纸上，他的怅惘之情油然而生。《67号马车》结尾注重思想性，"远方。杜侬侬忘不了，那些年，67号马车，辘辘声不断。"这样诗化的结尾虽没有震撼和信息大爆炸，但"忘不了"三个字，写得韵味深沉，且与开头遥相呼应，首尾圆合。结尾写远方，让读者忘不了，还有更多的地下工作者不畏艰难险阻、不怕流血牺牲、机智勇敢地去斗争，有了那些年67号马车的辘辘声不断，才有今天我们的幸福生活。"忘不了"，也是叫后人铭记历史，不忘初心，小小说因此进入很高的思想境界，让人回味无穷。因此，结尾，往往是最考验作家的地方，不是有句话说，故事完了小说才开始吗？结尾临门一脚，临床一刀，除了要有很高思想境界和高尚的情怀，而机智处理，更见作家功力。

三、如何提高小小说写作艺术

一要避免"同质化"的问题。"同质化"就是跟风写作，别人写什么，你也写什么，没有个性特征。而文学创作，恰恰是有个性的，而且是有鲜明的个性特征，这样才能体现应有的厚重和高度。小小说要有创新,只有创新,才能使你的作品标新立异,鹤立鸡群,高下立现。

二要准确把握小小说的主题。主题把握好,作品的立意和方向就没有问题。"以小见大、微言大义"是我们需要坚守的创作追求。我认为,作品既要注重当下题材,又不忘传统因子,一般来说,时代感、社会热点(反腐、民生等)、历史题材(红色题材)等等,社会关注度相对比较高,而敏感话题,尽量绕过去写。社会始终欢迎内容温暖、语言优美、故事曲折、格调健康等方面的主题作品。

三要写出小小说的趣味性。雪弟曾说,小小说是多样化的,可以不深刻,但不可以没有趣味。这个话,我非常赞同。《梅花烙》如果没有画师和小姐的奇缘,文章就没有往下读的味道。《67号马车》如果没有写出危险,没有写得扑朔迷离、悬念迭起,就无法紧紧抓住人心,攒足读者的眼球。当然"趣味"跟"深刻"不矛盾,大家千万不要片面理解。

四要找到好的叙述视角。在观察和体悟中找到好的叙述视角,小说的视角就是小说中故事的"叙述者"的观察角度。叙事的角度来看,第一人称,是一种直接表达的方式,不论作者是否真的是作品中的人物,所叙述的都像是作者亲身的经历或者是亲眼看到、亲耳听到的事情。"我",比较适合写自我批判、以自我为中心的作品;第二人称在言语活动中,指称与说话人相对的听话人。如"你",在叙事性文学作品中运用第二人称是较少见的叙述方式。第三人称在言语活动中,指称说话人与听话人以外第三方的,为第三人称。如"他""她""它""他们"等,在叙事性文学作品中运用第三人称是最常见的叙述方式。运用第三人称即以第三者的身份来叙述,能比较直接客观地展现丰富多彩的生活,不受时间和空间限制,反映现实比较灵活自由。便于把故事叙述得比较完整。选取什么人称,再找一种什么样的角度(比如穿插等)去叙事。这里特别提醒,小小说不要写得太直白,平铺直叙,没有波澜起伏,小说就失去了文学性和趣味性。在选材和剪裁上,叙述视角自始至终要为文章的主题服务。能否调动具有合理密度的小说艺术手段,来表述或诠释好叙述视角里的故事,需要在语言、描写、叙述、留白、思辨、剪裁乃至情节设置和营造氛围等元素上精心设计,建构别样洞天。

总之,好小小说是建立在作者丰厚的生活经验和素材积累基础上的,有了它,作品自然出手不凡,一鸣惊人。因此,小小说创作要重视和学会积累素材并加以提炼。要始终保持一颗敏感细腻的心,要用自己的眼睛真实地记录下生活中发生在身边的每一件事情,学会观察生活,体验生活,在现实学习生活中获取写作的灵感,积累写作的素材。

小小说艺术

找到感觉，找到窍门，多读经典名作，从中受益，不失为创作出好的优秀小小说作品的必由之路。

备注：本文系 2019 年 12 月 12 日在桥头镇政府圆形会议厅举行的 2019 年桥头镇中小学生小小说写作培训班（第三期）上的授课讲座讲稿。

小小说要注意的几个关系

——以《西门诗》《孝》《骨朵桃花》为例

小小说写起来有难度,却有挑战。

我不喜欢小小说一眼就望到底,只有望不到底的才有味道、才有嚼头。著名评论家杨晓敏说过"读小小说最怕一览无余,作者把话说尽了",雪弟也说"当下小小说存在的最大弊病之一,就是写得太直了,一马平川,一览无余",这些批评,我是心底无比认同的。

小小说魅力无限,在于谜一般的诱惑。

小小说之路永远没有终点,正如它的起点上溯千年依然浩渺无边一样,小小说的前路,存在未知性,需要探索性,而其艺术生命则永远色彩斑斓。本文试以《西门诗》《孝》《骨朵桃花》为例,谈一谈小小说要注意的几个关系。

第一,小小说与历史的关系。每个人都不可能置身于历史之外,写作更是始终割裂不开。过去发生的一切事件可视为历史,但存在虚实真伪,而时间又是一条河流,历史中有

小小说艺术

很多智慧可资后世借鉴，写作如果深挖进去，小小说必然藏有大智慧。《西门诗》《孝》《骨朵桃花》都与历史长河有关，是历史文化的延伸讲述。它们有个共同点，是以历史为背景，故事情节在历史中徐徐展开，叙述在虚实相间中巧妙演绎。《西门诗》写的是元末明初的民族矛盾民族斗争故事。《孝》以历史上"王权"争斗为背景，演绎一段血雨腥风之后看似平静实则潜藏风云的人文地域故事，人的入世与遁世、行孝与否，全在于环境和态度。《骨朵桃花》的桃园艳遇图，恰如江南烟雨，轻灵与朦胧，亦有桃花三千里的辽阔与绚烂。文中的"宋之远""桃花"其实是一种文化意象，代表一个个文化符号，二人暗指弱宋（注：有人说是隆宋）与盛唐，弱宋之于盛唐的回望，与宋之远之于桃花的追寻，结局都是一样，最后留下"桃花怨"。《西门诗》写官府要百姓认捐修桥，桥修成了，这是实，而虚呢？在围绕修桥双方斗智斗勇的背后势力和结局变化，桥成为官军渡河"剿灭"义军的往来通道，但充满戏剧和讽刺性的是，文章并不揭破，而是隐晦，是绵里藏针，最后埋葬它的也是桥，义军通过桥渡河战胜了官军。《孝》这篇文章，"孝"是双关语，一是名字叫"孝"的孩子，二是指"孝道""孝行"。"孝"为减轻母亲路途奔波的艰辛，方便探望出家的父亲，秘密雇人修路，"尽孝"这是实；"虚"呢？剥开现象看本质，文章里面的"孝"路与"孝"桥，以及修路人最后不知所踪，揭示的是一种世事浮沉缘起缘灭的诡变和人性命运的变迁，佛法讲因果，菩华法师的一句"一切随缘"，世间万千纷争起伏，全在红尘看破后尘埃落定之顿悟。《骨朵桃花》的讲述亦真亦幻，使人仿佛自由穿行在古典与现实之间，那些追寻，留下的是黄鹤般的"桃花怨"，是历史的天空涤荡的人性唏嘘，执着与半途而废的分水岭，就在于追梦人在距离终点的一步之遥处止步，留下的惋惜、教训和余音始终让人深思。

第二，小小说与创新的关系。意大利哲学家克罗齐在《历史学的理论与实践》中说"死亡的历史可以复活，过去的历史会变成现在"。历史有纵横，有文明的轨迹，有经验和总结，文学不可能脱离历史，但并不忠实于历史的史料叙述，小小说在历史间寻根问祖，在经典作品上扶犁拓荒，其意在发现、洞悉和复活，并在经验中推陈出新。小小说要在历史中、在经典作品上，深研细磨，不断探索创新，以自己的创造融入新思维新描述新手法，进行历史复活和艺术思想再创造，给人类某种启示启迪，而作品就是艺术创新的结晶。《西门诗》中的历史洞悉，在于历史可能存在的循环，只要统治阶级一旦鱼肉人们，其必然的结果是遭到反抗。《孝》的复活记，是千百年一脉相承的"孝道"历久弥新，不因岁月或朝代更替而消亡，延续与否，全在社会环境和人物自身。《骨朵桃花》本身就是在古典与现实间穿行，诗意讲述，更加深了精神意象的重构，传递出的教训，永远值得深思，这就是历史的现形记和复活记。唯其虚实相间的讲述，使得故事变得生动，变得立体，变得韵味，更加扑朔迷

小小说艺术

离，跌宕起伏。因为重新演绎，所谓虚中有实，实中有虚，仿佛当年的再版，而文章因为言近旨远，意蕴丰盈，令人眼前一亮而受到不同程度的关注。复活加上创新，就如同诗歌的精致一样，想象力、情绪与意蕴相融，传递出一种淡远的神韵和沧桑的劲道。当然，如同绘画一样，小小说的技巧也需要创新。虚与实是相对的，表现主题写作手法亦在灵活，凡新颖的，必是令人难忘的。杨晓敏说"《骨朵桃花》是在传统古典文学土壤里开出的一枝新蕾"，雪弟说"在小小说作家中，刘帆是独特的"，新蕾也好，独特也罢，其意思一致，肯定的是与众不同，有创新。如何创新？人云：有者为实，无者为虚；有据为实，假托为虚；客观为实，主观为虚；具体为实，隐者为虚；有行为实，徒言为虚；当前为实，未来是虚；已知为实，未知为虚等等，此等把握运用，"复活"本事，"创新"技巧，全在作者的立意和调度构思之中。行之行止，功在道法自然，难在道法高深。行百里者半九十不可取，不行者更不可取，个中之妙，全在多思想、多揣摩、多领悟和多实践，这里没有固定的路，也是没有终点的路。

第三，小小说与人物的关系。历史离不开人，没人活动的历史，无异于空白。有人的过往才是活的历史，小小说让历史复活，自然是首先让人复活。人物是小说的三要素之一，是核心。小小说重要的是要立人，故事核是否闪光？在于核心人物核心情节。杨晓敏说："在小小说千把字的篇幅里,要写活一两个人物,让他血肉丰满。"人,有不同背景,不同社会关系,人还有七情六欲,有思想。历史是人推动的,事业是人创造的,故事是人演绎的,让人在小小说里面活起来,作品表现主题,关键是靠人。思想附在人物身上,作品不是作者自己在说话,是里面的人物在自己说话。人物如何说话,或者说如何塑造?与视角不无关系,与作者的立意和谋篇布局不无关系,与作者是否赋予人物情感不无关系,作者写出人物的性格和意志,赋予能动性,自然,人物就栩栩如生,故事就精彩纷呈。《西门诗》中的风水先生大智大勇;《孝》里面的"孝"这个孩子心细如发,行孝做事滴水不漏;《骨朵桃花》里的"宋之远"唯美痴情,迷离爱恋情意绵绵。这些人物无不鲜活丰满,各自精彩,因而,三篇小小说,各有特色,人物命运互不相同,该说的话,人物都说了,小小说也就令人难忘了。

第四,小小说与诗意的关系。好的小小说是精美的,语言也是精美的。汪曾祺说,"小小说是短篇小说和诗杂交出来的一个新品种""小小说则应该有更多的诗的成分"。小小说给人一种诗意,就阅读本身而言,让人觉得耐读好看;对于文学品位,则是一种提升。《西门诗》《孝》《骨朵桃花》开篇及整体,基本上都是诗意讲述,营造诗意故事诗意美感。"人在桥上过,西门都是诗",这是《西门诗》的开头;"桃花才骨朵,人心已乱开",这是《骨朵桃花》的开篇;不同的是,前者的故事是史诗,后者的故事是恋曲是绝唱。

小小说艺术

《孝》虽然没有用诗句开头,但前面诸如"这个古艳动人的地方,有个古艳动人的妇人"等,诗意语言无疑营造了小说更加神秘的氛围,画面感强,为故事开展作了精心铺垫,从而更加引人入胜。小小说因为"诗","意""画"艺术魅力溢满字里行间。文章的画面感、动感、立体感直面眼帘和心扉,打开来是一幅幅画,写着山水、人物、动作等等,文章还更有意思、有意义、有内涵,生命的关怀、生存的关注、人性的关切,作品的思想意蕴变得更为深远,作品生命力更让人回味无穷。

怎样写好小小说

任何作家在如何写出好作品的时候,头上都悬着一把剑。写小小说更是如此。小小说是浓缩的小说,麻雀虽小,五脏俱全,所谓"幅小天地宽、文短日月长",说的就是小小说。怎样写好小小说,首先要弄清楚小小说的特点、好小小说的标准,然后才是怎样写好小小说,这三点,说起来容易,回答其实比较难。

今天就编辑过程和编辑效果,以及自己参与小小说的创作实践,我们一起来进行理性和客观的探讨。

在"怎样写好小小说"这个命题剖析之前,顺理成章需要找到或发现小小说的特点、好小小说的标准,以及怎样写好小小说。

第一个问题,小小说的特点。"小说"是一种以刻画人物形象为中心、通过完整的故事情节和环境描写来反映社会生活的文学体裁。通常说,小说的三要素是人物、环境、情

小小说艺术

节。人物是小说的核心，情节是小说的骨架，环境是小说的背景。主要手段是塑造人物形象。

小说中的人物，称为典型人物，可以通过人物的外貌、动作、语言、心理、神态进行描写。

环境包括自然环境和社会环境。

故事情节包括序幕、开端、发展、高潮、结局、尾声。

小小说是小说，除具备小说的特质外，它还有更为显著的特点，简单讲就是：小、巧、新、奇四个字。

第一，篇幅短小。通常的说法或规定是1500字左右，虽然也有写得长的，但一般都会控制在2000字以下。

其次，巧于构思。小小说需要克服篇幅短小的困难，在构思过程当中，巧妙选择创作题材、确立主题、设置人物（可以是正面形象，也可以是反面形象）、虚构情节、安排结构等等，在一波三折中让人物和情节进行片段式行动，捕捉瞬间故事发展、定型人物面貌、摄取典型环境等等。

再次，立意新颖。按照小小说教父杨晓敏老师的说法，就是用有限的文字，展现文章无限的感染力。把握很好的视角，切中问题，运用小说手段，定位作品的艺术定位，反映作者的艺术情怀和思想境界。

最后，结尾奇巧。追求留白，想象闲笔，讲究出人意料，或令人拍案叫绝。

第二个问题，好小小说的标准。关于这个问题，我想从小小说的社会公共价值和文学价值来谈谈。

按照专家的定义，结合长期以来受众与写手的现状，小小说明显是一种由大多数人能够阅读、大多数人能够参与创作、大多数人通过读写能够直接受益的一种文学艺术形式。它是一种大众文化，是一种平民的艺术。

因此，我认为，小小说具有社会公共价值的特征。公共价值的概念最先是由摩尔提出的。公共价值从根本上讲，是存在于一切人类社会中的，因为人总是既以个体的形式存在，又以社会的形式存在。以个体的形式存在则有个人价值，以社会的形式存在则有公共价值。小小说作品以著作人的身份用劳动的形式创作出来，一开始是具有个人价值，一旦发表、发布后，即是以社会的形式存在，因而小小说就具有了社会公共价值。社会公共价值意味着小小说作为文学作品，首先通过作者的创作表达，继而进入社会和市场，读者通过公共平台（传统纸质印刷品广播电视、网络虚拟平台等）享用了这些公共作品，一定程度上，作品一旦发表问世，大面积文化消费就会产生，这种消费体现在编撰、出版、物流、阅读、馆藏等方面，成为名副其实的社会公共产品，因而，在创作、阅读这种大的双向链条上，好的小小说具有规范或美好的公益导向，如果作品质量不行，就会影响很坏，对政府和公民"大面积文化消费"而言，是白白浪费资源，对社会和读者是不负责任。

正是因为大众参与，大多数人的关注和热情介入，小小说才有了三十多年历久弥新、方兴未艾的旺盛生命力。因而

小小说艺术

小小说创作，不是随随便便就可以的，它承载的社会公共价值、公共意义，注定小小说并不是平平淡淡的艺术。

小小说作为一种文学体裁，自然具有十分重要的文学价值。小小说无论人物、选材，还是主题，都应该有作者独特的发现，用思想的高度铸就作品的高度，在新颖、新鲜上花大力气下功夫，跟时代和社会不应有陌生感，所谓接地气，就是要与大众生活贴近，写老百姓喜闻乐见的、道他人所未道的好作品来，回馈人们和社会对于公共价值的文学作品的期待。

归纳起来，好小小说的标准，首先在于"新"。主题新鲜，选材新颖，人物鲜活。由于小小说的基础是大众性，群众性，"有一百个读者，就有一百个哈姆雷特"，读者来自不同的环境，环境对人的影响各不相同，因此，每个人的思想都不同，阅读所理解的程度不同，因而一千个读者就有一千个哈姆雷特。所以，创作者不要低估人们的欣赏水平，作品不推陈出新，公众的吸引力就会大打折扣，创作者要时时刻刻考虑和把握公众对于美好作品的期望，说难听点，读者也会很挑剔的，所以我说创作者头上都悬着一把剑，可以给自己警醒，做到严于律己，作品讲究精雕细刻、精益求精。

要引起大众对小小说的浓厚兴趣，激发大众阅读欲望，不管文化水平高低，人们对美好作品的希望，是要有文采的。如果小小说掉入词不达意、干瘪枯燥、啰哩啰唆、不知所云或做成一篇报告一样，一定会让人不忍读下去。不管如何风云变幻，小小说创作者，要坚守文学作品的文采，像厨师一样，努力制造美味佳肴出来，不断引起人们的关注与参与，做到雅俗共赏，从这一点来说，好小小说的标准之二，作品应该且必须要富有文采，当然文采并不等同于就是华丽，语言生动、朴实、形象也是文采。

标准之三，要构思奇巧。作文就像建筑设计师，既要有骨架，又要有内饰，二者结合，必然需要作家在构思上下功夫，没有曲折、没有波澜，作品就会陷于直白、干枯的境地，不会感染人，或许还会令人失望或讨厌。好作品让人可以读下去，读出内涵来，与作者融合在一起，做到这一点，作家们必然要精心设计构思精巧，让人掉入圈套里却不觉得上当。

小小说的文学价值，体现在小小说文学作品里的必要的思想和精神价值，它的文学价值决定于文学作品的质量，主要是文学作品的内在艺术价值，包括审美、思想、核心价值理念等，即对人们有积极意义、对社会发挥积极作用。小小说作家应该用自身良好的充分的教养和健全的人格，以笔为旗，实现文以载道，在文本上体现自由思想、人格状况和人文素质。除了新颖别致、富有文采、构思奇巧外，好小小说的标准之四，也是最重要的，就是好的小小说要有好的思想性。小小说不像中长篇那样，有完整的述事，小小说具有片段性或特定性的画面，在精心选择的片段里，运用智慧和逻辑思维，用独到的手法，直面或超越现实生活，反映人性、

小小说艺术

命运、社会矛盾、理想等等。要像哲学上说的那样，崇物，神儒共体。要像画家一样，画中有画。要像诗歌那样简约，意在言外。要像决斗那样，好作品有超拔之气。文学性、思想性是好的小小说的根本，是内修，是本源，在传统中体认回归，在演绎中注重思想。举例，莫树材的《骤雨中的阳光》，文中男青年起初对女军人阴阳怪气，说风凉话，及至女军人雨中救人，情节反转，男青年转而仰慕崇拜女军人，女军人的人格魅力使得男青年追求阳光积极向上，思想上反映了主流社会价值，有引导、有教育意义。

第三个问题，怎样写好小小说？

虽然千人千面，说法不一，但万变不离其宗，写好小小说，有以下几个想法谨供参考。

一、多多阅读

阅读，特别是阅读好作品，可以少走弯路；阅读除了文本小小说，还应该适当精读一些好的评论、赏析，另外，不建议只读小说，也要读诗歌、散文等，特别是诗歌追求意境和极致唯美，对于小小说创作是有启发的，比如鄙人的拙作《骨朵桃花》，最先就来自诗人张新泉的一首诗歌《想龙泉》里的句子"桃花才骨朵，人心已乱开"（闲话：据说诗人因为这句诗而荣获首届鲁迅文学奖）而展开联想，构思才写成了这篇小小说，顺便说一下，这篇作品荣获了"2017年度全国小小说佳作奖"。

通过阅读来积累经验和素材，帮助思想上拨开迷雾：如何提升自己的作文水平？如何合理谋篇布局？如何出人意料？等等。要善于在司空见惯的日常事件中挖掘出社会的不正常、人性的不正常，从而给社会和大众以警示、震撼和启发。举例申平的《记忆力》，几十年后同学聚会，同学们嘲笑陈大福偷东西的事情，让陈大福很受打击，为什么我做那么多好事你们记不住，偏偏揭我的短，从此他淡出同学视野，社会环境和不经意的调侃，让陈大福的心灵受到严重伤害，一个简单聚会事件，文章对社会的偏见或歧视，对弱小者的嘲讽，进行了批判，对弱者表达了同情，描述可谓十分深刻。

二、讲究标题

标题对于作品，有"定调"作用，不要小看标题。对于作品本身而言，标题处理上多一些思考，多一点自觉的意蕴提升，在拟定好的格局里，着意凸显文本主题和艺术定位，力图正确体现写作者的价值观、人生观以及艺术修养。好的标题，不胜枚举，举例如下：东莞作家，刘庆华的《秤砣情》《铁面局长》、莫树材的《骤雨中的阳光》、秦兴江的《护民井》、袁有江的《老莫的情人》、张俏明的《梅花烙》、刘帆的《孝》《沪上风雨声》《骨朵桃花》《五角星》等，外地作家，如非鱼的《荒》（双重型、蛮荒之地和心灵的荒芜）、王蒙的《手》（隐喻型或冶炼）、王奎山的《红绣鞋》、刘国芳的《风铃》（道具型）、冯骥才的《苏七块》（传奇型）、蔡楠《行走在岸上的鱼》（怪诞型）、白小易《客厅里的爆炸》(双关型,其实是一只暖瓶的爆炸,在人内心产生的心灵震撼)、刘建超《朋友,你在哪里》(反问型)、秦德龙《水中望月》(诗词型)等。

对于编辑而言,好标题自然容易让人有强烈的吸引力,关注度就会高一些,作品的发表概率无形中会上升,好标题是一举两得的好事情,切莫等闲对待。

三、富于联想

想象力是作品必需的,也是作家、创作者不可或缺的创作技能。文学题材、文学素材大多来源于生活,在生活中,这些东西本身或许是一种现象,是具体的,是个体的,通俗讲,就是苗条的、骨感的,文学作品需要做的,就是要把这些干枯的或具体的东西丰盈起来,艺术化,使之在叙述上具有美感、具有道义、具有灵光,对生活要热爱,对生活要发现,对生活要剖析,如果没有对于生活的梦想和敬畏,没有想象力,文学的朝圣之路之心就会很干瘪,没有故事情节,没有完整叙事,没有文本结构,作品就没有应有的文学价值。

四、追求纯粹

小小说是一种文体,要写好小小说,要弄清楚小小说的特点、标准、创作规律,在心物一体的指引下,坚持追求纯粹创作,心无旁骛,必有所获。要追求纯粹,既要体察认识,又要养身培根,在文学的空间里,让心智开悟,坚持创作的标杆:深度、广度和高度。

一要体察认识。哲学上,讲体认,什么是体认?就是体察认识,即切身感受。创作必须探寻本源。文学创作需要足够的勇气,要全身心地投入,要有温度,要有质感。常说一叶知秋,见微知著,就是体认。它有什么好处?它可以让创作者坚持正确的创作导向,时刻提醒自己,俯下身子,体察社会民情,认知历史现实,有了体认,作品才有自己熟悉的东西,具有体温特征,胸中装满了大义,肩头担满了责任,心中充满了悲喜,思想升华到一定高度,经过大脑加工,"问渠那得清如许,为有源头活水来",作品自然迸发,美好境界和情怀就不期而至。作品由此必然有了深度、广度和高度。

二要养身培根。哲学上,"培根之学"是阳明学的一部分,是身心相即、事上磨炼之学。在文学创作、小小说写作上,有必要提倡"培根之学"。培根是为了养身,养身才能培根。只有以身为主,以心为仆,才能进入心物一体的境界。万物归心,而心归于身,身在心在,你才能从人生经历中不断体悟出接触世界、观察世界、解释世界、交往世界的独到的见解,做到心物合一,心灵、身躯和社会三者自然融为一体,这样,你的经验积累、素材积累、方法积累才能多于其他人,下笔的时候,你有自己的世界观,因为你做到了身心合一,养身培根,找到了真正的学习方法、研究方法。"归来笑拈梅花嗅,春在枝头已十分。"(这首诗最初见于宋代罗大经的《鹤林玉露》,作者是一个尼姑,姓名不详),求

小小说艺术

道开悟，在自己的心灵深处，发现大道无边。

无论结构编排、情节构思、语言组合，有了探寻本源之心，那么下笔之时，下笔之中，才会节制，主动，思考，客观。小小说写作，其思想性、文学性多来源于此，因为贴近生活，是有源之水，有本之末，写作才能具有主动性、完整性、创造性。写作时心物一体，作品的探寻性、探讨性、社会性、艺术性才会凝集于笔端，因为创作者做到了追求的纯粹。

五、立言立意

小小说要写好，要立言，首先要讲立意，在文学作品中，立意占有极重的分量。一件作品能不能成为好作品或传世佳作，往往就决定在立意上。

立意是一篇作品所确立的文意。它应有一个很高的站位，一个很好的视角，发现问题找准问题才好下笔。立意大于主题，一般意义上，主题是作品的中心思想和文章的中心论点及基本观点，立意有时包含多种主题，立意不但要正确、鲜明，又要单纯、新颖，体现积极向上的思想和意义，让读者得到新认识、新感受和新启示。立意是要讲艺术品位的，小小说写作，要学会运用小说手段，通过调动所有的小说手段，把自己所发现所思考的问题艺术性地表现出来。创作过程中，艺术手段很重要，比如起承转合、伏笔照应、留白闲笔、情节设置、人性刻画、语言风格等等，找到自己得心应手、最适合自己的创作，去反映你思考的问题，通过文字去体现写作者的情怀和境界。小小说不同于诗歌散文和中长篇小说,它特别注重结尾,在结尾处留白,展示意味深长或思索回旋,这是一种艺术,作品仿佛没有戛然而止,小小说的结尾往往魅力极致,最见智慧含量。

作家汪曾祺说"小小说则应有更多的诗的成分"。他说小小说和诗的构思要求有一点相似,所以立意上,作品应该要有丰富的想象力,不要平铺直叙,而是尽可能省略一些事实的现象和过程的交代,用最有典型特征的感性形象,让读者在阅读中得到丰富的联想和艺术的再创造,从而发现和探究生活的本质。诗的语言要求精炼、空灵,富有文采。小小说也一样,语言要富有诗意,叙事准确,简洁明快,意在言外,又回味无穷。

六、一波三折

好的题材,好的故事,最终需要好的写作手法,在悬念、一波三折的情节推动中让小说"既好看又好吃"。悬念是好小说的基本要素,更是好小小说的基本要素。高明的写作者,善于将读者带入设计好的"陷阱"中,读下去陷入一种不可自拔的境地,这样的作品就成功了。如何设置悬念,制造一波三折的故事情节?诀窍就在于如何调动读者的胃口,怎样使作品引人入胜。我在写《67号马车》,是这样推动小说发展的,在中共打通国际交通线的交通站,一对年轻的人假扮成夫妻,一个做掌柜,一个是联络员、掩护者,然而,在一次转移护送代表去苏联共产国际的过程中,女的牺

087

小小说艺术

牲了,男的继续转移同志,他们并没有像《刑场上的婚礼》那样可歌可泣,而是写掌柜护送代表的女儿(代表的女儿也参与了掩护转移)安全转移,负伤,昏迷,在迷糊中反映内心的思想,借白桦林的洁白象征内心对爱情对组织的纯洁,借残酷的地下斗争来考验党性的坚强和对美好的向往。苏醒的关键时刻,故事出现了转机,那位掌柜最终因为功勋,被推选,光荣当选为出席共产国际会议的代表,实现了一个共产党员内心的美好愿望,一直到革命胜利,他一直忘记不了纯洁的白桦林,忘记不了 67 号马车运送地下党员,这样一个曲折故事,语调深沉,用跳脱手法来叙述,内涵丰厚,是我在参观一个地窖想到的题材,最终成篇。

简单讲,写好小小说需要人生历练、书本熏陶与虔诚追求,这三样东西,是山河般的教育,是创作者的法宝,我想如果我们有了洁净的灵魂、悲悯的情怀,加上三百六十度完全打开的格局,好作品一定会如桃花一样灿烂芬芳,像荷花一样香远益清,像天山雪莲一样圣洁出尘!

2018 年 11 月

从灵光中捕捉神来之笔

好文章都不是凭空而来的,而是作者在日常生活的体验和感悟中得到启示,激发创作灵感,从而从灵光中捕捉神来之笔写成的。

这其实是从素材到作品的过程。本文我想以《渡船》为案例来展开分析,并分享我在创作中得到的一些启示。

《渡船》进入《中学生标准学术能力诊断性测试卷》等全国省市语文试卷,从作为文学类文本出题和考查的重心来看,外界预期和研判,与我的构想基本一致。

一、视角问题

作品进入作家笔下,一定有合乎生活的逻辑,日常关注的焦点和围绕焦点展开的所思所想,确定了作家的思维定式,围绕生活的源点开展发散思维,往往是诱发作品成章的

小小说艺术

导火索。

《渡船》的诞生，与我的生活有关，与我的思考有关。我从小就生活在小河边，跟祖祖辈辈的人一样，天天跟河流打交道，过河是司空见惯的生存状态。河流温顺的时候像母亲一样亲切，但发威的时候却极具破坏，给两岸人民生产、生活和生存造成极大麻烦，因而美好与风险并存。而船作为交通工具，在为日常生活带来便利的同时，也把过河的风险留给每一个渡河的人。我常常想，桥作为更为便捷的交通，才是符合生活需要的。然而，经济的不发达，科学技术的有待提高，又常常制约着我们追求美好生活，因为愿望难以达到。这不但在我的家乡是如此，在全国其他地方也是如此。离我家几十公里远的湘江，这条天堑，渡船至今还存在。我第一次去深圳特区，也是坐轮渡过伶仃洋（零丁洋），然后再换汽车到达深圳的。可以说，在我的生活中，船从未消失，我的视角也没有离开它，寻找一个合适的机会来描摹，其实是我一直想实现的夙愿。

二、布局问题

写作的素材有了，但如何成章，则不是一件容易的事情，这里牵扯到如何布局问题。

怎么写，细思量。河流、渡船、乘客，哪一样都是宏大叙事的描摹对象。避免大而全、粗而不精，是我首先要考虑的。只有小处着笔，拿捏主题，才能情以动人。比如，我曾经想写乘客，但后来转头一想，旅客的感受多半是过江的艰难与不易，或者是过江的愉悦及听到逸闻趣事时的心情，如果这样写，容易落入俗套，而且也无法读懂一条江对于社会的意义。真正对河的脾性了如指掌的人，是船主，是渡船的主人或艄公，他们风里来雨里去，只有他们才是了解江河的人。

这样一想，脑袋的灵光就有了具象，就不会茫茫黑夜中苦苦思索了。这样，围绕"船"与"人"，我开始设置矛盾焦点和矛盾冲突。在江河与人的交往中，船的去留问题，无疑是最能体现矛盾的，因为如果架桥，船夫们就没有了在河上的生存空间，他们的生活就会发生根本性变化，危机也会随之而来，情感就会陷于纠葛之中。船东船夫，本质上，他们是不愿意架桥的，但是时代变化，渡口的存留他们也左右不了，现代生活巨变，传统出行方式呈现多样化，人们生活处于质变转折中，就算不架桥，人口流失，乘客愈来愈少，他们的收入也会大打折扣，何况政府还有主导性规划，因而，如何看待河流、利用河流，都会发生颠覆性变化。小说将布局的重心放在船主身上，用他们的矛盾心理来呈现生活的本质，是将问题回到生活本身的真实反映。改革和不改革、转变和不转变，都是要面对的，作家的笔只是如何去讲活时代和人物的命运。

三、人物问题

小说的本质是塑造人。刻画人物是小说的中心任务。写河、写船，主要还是写人，因为只有人，才能讲活一条大河的灵魂。

如何写人，这真是一个不容易把控的"瓷器活"。我觉得小说的人物用侧面烘托，更能凸显人物个性，更能立体塑造"人"。当然，写人可能比较笼统，简单说吧，其实就是要写人性，要写出人物的沧桑感和命运归宿，因此，我们聚焦人物、立起人物、活化人物、升华人物，让次要人物紧紧围绕主要人物，二者形成一个有机体，通过其他人物的叙说和描写，来烘托出主要人物，这样更具说服力。比如，文章有这样一段话："这马老四，今儿个怎么回事？离开船时间还有半个钟呢！"这明显是借他人之口来描写马老四的行为怪异，从而带出以往马老四的恪守规矩：不到点不开船，这就很好地突显人物个性，原来这个马老四，形象是那样生动、鲜明、清晰。

四、写意问题

"远看山有色，近听水无声"，中国画的真谛，是不是在诠释画的写意精神？我认为小说也一样，能够用"无声胜有声"的力量来推动情节向前发展,通过牵线搭桥来讲述古今变迁和时代考量,将小说的肌理,像画工一样传情写意,又何尝不可以呢?《渡船》多次通过暗示来刺激马老四的神经,让人物陷入焦躁和思考之中,人家一句话、一个眼神、一个动作都让马老四如鲠在喉、如芒在背,人物的形态就活生生了,有想象空间,这样描写我想读者是会接受的。

这种写法,其实是将人物贴着时代写,不脱离现实生活,让文章的烟火气十足。人们常说"接地气",小说的故事和人物来源于生活,讲述又回到生活,这是场景的转换,让读者有身临其境的感觉,有共鸣,相信人人都会喜欢。作品某种程度上是,作家只管叙事、写活人物就行了,至于如何思想,读者自有评判。"马老四的儿子指着岸上的一帮人说:'爹,他们在谈论的事,吴乡长上次过江也说过,这么宽的江,得有一座桥。'"这样的设置,实际上是用代入法来引爆马老四的思考发条:要考虑今后的生活。在精明的马老四看来,世界上一成不变的事物是没有的,与其被动,不如改变,这就是他后来思想"觉醒"的原因。

五、主题问题

作品的基调是要反映现实发展与坚守传统文明如何协调发展、如何平衡。文章不隐晦文明接续的思想,当然表达上是克制的,是留白的,是要读者去思考的。乡长说:"那年

小小说艺术

我上学,就是坐着它走上岸的!渡船怎么啦?渡人上岸,好啊!听说你儿子将来要去'渡人',做教书先生,那更好啊……"作品的主题不是刻意装扮的,而是在无声中升华的。

伏笔、慢叙述、先抑后扬,诸多手法并用,其主要考虑是要将小小说讲得有味,有魅力,意犹未尽和回味无穷,小说自然会深刻。

附原文:

渡船

马老四独自坐在船头发呆。

渡口的小卖部门前,大半个树荫下,坐着一群人,这是一伙要过江的人,也是马老四的渡客。

过渡的人,不管知道不知道,大家都习惯喊他"老四"。

马老四有个规矩,不到点不开船。因此,买了票的这伙人,就在岸上树底下拖条板凳歇着。三三两两,也没个队形,惯了,这些渡客,马老四有的闭着眼睛,听声音也能听出来谁是谁。

渡客们肆无忌惮地谈论一个话题,在马老四看来,可能是一种痛。马老四的儿子,指着岸上的一帮人说:"爹,他们在谈论架桥的事,吴乡长上次过江说过,这么宽的江,得有一座桥。"

如果是不知好歹的人，跟马老四说"架桥"的事，或许，马老四会生气。然而，现在说话的是儿子，还有儿媳妇也在船上，虽然儿子的心思并不全在船上，但是马老四心头的气，还是堵得慌。他看了一眼儿子："是啊，架桥，做不了水上人家，你就上岸，老马家还有几亩薄田，饿不着。"

或许，是担心儿子听不懂，马老四故意抬高了八度声音，冲着青衣江吼道。然后背转身，朝岸上一声吆喝：

"开船啰——"

这马老四，今儿个怎么回事？离开船时间还有半个钟呢！

众人骂骂咧咧，不情愿似的，一个个从树荫底下钻出来，拎着包，挑着担，牵着小孩，乖乖上船。

马老四如今的汽船，虽然比不得电视上海洋里漂浮的豪华游轮，但就在这青衣江，却也是十分的显摆了，比起马老四之前的木帆船，起码，往来两岸的渡客，眼里的船，在这青衣江，上下游几十里远近，也就他的船最好了，所以，众渡客都喜欢往他的船扎堆，马老四脸上的笑容，据说从新船抵达青衣江那天起，就明显地挂在脸上。

过江从之前的五角，到一元，再到今天的五元，说老实话，也没见到几个渡客感到不满。

马老四的腰包日渐鼓起来。这条船能够载多少人，往返摆渡多少趟，整条航线全由他说了算。按理说，赚得也差不多了，停渡也可以，毕竟年纪摆在那里，脸被江风吹，日头

小小说艺术

晒，人黝黑，更显老些。

渡船的航线，是马老四开辟的。不对，航线是马老四家族很久很久以前，在这青衣江上用一条船犁波劈浪开出来的，就是通俗讲的，水上通道。

马老四家族选择青衣江这一段宽阔江面摆渡，是有考量的。青衣江蜿蜒流长，多狭窄江段，这样的地方，往往波涛汹涌，只有这宽阔水面，水路虽然远了点，但是水流平缓，摆渡才比较安全，特别是之前的渡船是木船，为避免狂风骇浪，降低风险，保证人和船的安全，自然是平缓江段适宜。

一年三百多天，马老四的船几乎没有看到停渡的。或许，这也由不得马老四，毕竟，青衣江两岸，走亲、采买的渡客们三三两两地过江，特别是往返的学生伢子，上学没少渡过，哪天停歇过？这使得马老四一家，上岸的机会就很少。采买油盐酱醋茶和肉蛋蔬菜等，小贩们会送到江边来，不甚宽阔的码头，不晓得何时开始繁盛，开墟建市，两岸如出一辙。不同的是，马老四陆上安家的这一头，墟市是农历三、六、九，对岸是二、五、八，两岸物质集散，有所差别，往来互市，才有流通，或许就是这个理。

马老四，心中的烦恼，又显然不在两岸的墟日不同。刚才，儿子的话，勾起马老四心中的不快，是因为传言有板有眼，原来计划架桥，桥址是选择在狭窄江段，为的是缩短里程，减少不必要的投资。但是，上个月，乡长从这里过河，在船上说可能在马老四这一处航道建桥，马老四听说后，对桥址就特别敏感。

"架桥"是这么说,却眼见一直没动工。马老四曾质疑这是要断自己的活路。如此有针对性的设想,马老四不是傻子,随时在盘算上岸过日子的时间,那一天真的来临,马老四的劲道也就没有了。

马老四正准备开船,岸上,突然传来一句呼声:"等一等!"

马老四停下来,朝岸上摆手。

岸上的人终于在起航前上了船。

马老四喊儿子开船,自己跑到船尾。

"乡长!"马老四喊道。

"老四啊,我还是喜欢坐这渡船。"

"嗯……乡长啊,我想通了,架桥好,桥通路宽,汽车一溜就过去了……"

乡长好像没听到,径直走到船头,"那年我上学,就是坐着它走上岸的!渡船怎么啦?渡人上岸,好啊!听说你儿子将来要去渡人,做教书先生,那更好啊……"

备注:《渡船》原载《仰韶》2020年秋卷、《小小说月刊》2021年2月上半月刊"名家视野"栏目,《小说选刊》2021年第5期、《小小说选刊》2021年第10期、《故事会》2021年12月号校园版转载,《小小说选刊》公众号悦读栏目2021年5月28日推介,获"仰韶杯"全国文学大奖赛二等奖第一名（2020年），入选《中学生标准学术能力诊断性测试2021年10月测试语文试卷》《贵州省部分学校2021—2022学年高三8月联考语文试题》《江苏省郑梁梅中学初三语文第三次模拟试卷》等语文试卷；入选《2021中国微型小说排行榜》（百花洲文艺出版社）、《2021中国微型小说年选》（花城出版社出版）、《2021中国小小说精选》（长江文艺出版社）、《2021年荷风年度小小说》（百花洲文艺出版社）等年度选本。

第二辑　实战探索

有灵魂照耀的地方

《柳林春雨》是我的扶贫系列小小说中的一篇。扶贫题材系列作品，不是无事生非写的，而是有特定的历史背景。

广袤的中国，由于地区资源分布不均、区域发展不平衡等原因，中西部地区的经济相对滞后。如果不重视这个问题，那么"谁来养活中国"，必将成为现实和未来的难题。1986年国务院贫困地区经济开发领导小组成立，我国大规模扶贫开发政策开始调整，确定了开发式扶贫的方针。因此，我关注扶贫，并不是作品当下写作时的真实时间。

2020年9月我曾到过云南省镇雄县一带，那里有我们的人员在从事扶贫工作。从云南回来后，我反复思考，决定写一些作品，当时写了一些诗歌、散文和小小说。而小小说是最能反映那里情况的载体，因为小小说里面有故事，以小见大，可以表达不同视角的地方风物、世间百态和人情变故等等，容易写成系列。2020年是我们国家十分艰难的一年，我

小小说艺术

们到云南是不容易的。在那个高原山区里穿行,我始终觉得有一些东西在心中涌动,感觉"扶贫"真是我们国家的一个创举。

在云南,我目睹了国家实施的扶贫战略,让一个地方变得越来越美丽、生活越来越幸福,真实图景如何通过文学的想象,用笔力再现那里日新月异的变化和矛盾冲突,我想这不单是文学创作思想涌动的表现,更主要的是,那里的生活气息和可喜变化,让我这个远足者,触摸到了那里的泥土的脉搏跳动,体验到了新时代文明的进步。

我曾说:"小小说要有大历史观。"当然历史背景是一回事,但如何找到切入点才是创作的关键。《柳林春雨》从标题开始,我就进行了反复拿捏,最终确定用"柳林春雨"来作为标题。标题是作者情感的出发点,小小说确定好标题,才能更好地去利用小小说的优势,拓展想要表达的眼里世界和心灵世界。"柳林春雨"很容易联想到地名,而我想要表达的,却不单单是一处虚构的好地方,而是希望借助象征和隐喻,用"柳林""春雨"来指代抽象的希望,春天的雨滴,雨滴声滋润心灵,文化扶贫的最直接效果是给那些山区带去希望,给灵魂和思想带去洗礼。而文章的中心内容,似乎就在一个标题上有所寄托,这样说来,标题是定海神针,确实如此。

标题有吸引力,制造"卖点"和"看点",但如何揭盖,对应于标题想要表达的情感和力量,则需要思维去对接现实空间和心灵空间的美丽旅程。换句话说，小说的结构和情节，如何艺术性地表达珍珠般的故事精粹和品质，需要好好构思。下面我就《柳林春雨》这个作品，来做一些创作分享。

一、大与小的处理

真正读过或熟知小小说的人，普遍会感到"小小说不小"。冯骥才先生就曾说过："小小说完全可以成为大作品。"小小说以小博大，是秤砣虽小压千斤，但是，小小说本身不可能进行宏大叙事，它的体量本身是小的，因而，"小处"落笔，找到叙述"支点"很重要。《柳林春雨》的支点就是"文化扶贫"，这其实是个大方向，是个大主题，处理不好容易落入俗套。但作品从"扶贫"切口进入后，却是人性化的故事交集：我带人带用品前往老游所在的扶贫点——我上台讲课——我和孩子们接触交流——我听老游讲"望红"的故事——我与老游的包裹——我被望红和孩子们感动。可以说，故事里面有故事，小说的精彩是不经意间一环扣一环的，因而耐读。

二、正与侧的关系

描写是写作的表现手法之一。《柳林春雨》很好地处理

小小说艺术

了正面描写与侧面描写的搭配关系，使得小说更加生动感人。作品没有直接地、程式化地写扶贫工作，而是和风细雨般地通过描写孩子们心灵的渴望以及望红这个典型人物的故事和有关情景来烘托贫困地区的场景与现实需求。这种侧面描写，不会让读者产生阅读疲劳，反而因为一个套着另外一个故事，有了阅读的欲望，引起了人们的好奇和兴趣。通过侧面描写来凸显文化扶贫的迫切性和重要性，这样，像"老游"一样的扶贫工作者就有了存在的价值，他们带去的影响和帮扶，始终是正面的、形象高大的，从而为扶贫大计立起了一个可供观照的范本或案例，这正是文本所希望的。

三、插叙的好处

插入一段与小说情节相关的回忆故事，可以更好地帮助文章推动情节发展，进而刻画重要人物"望红"和"老游"，使得文章有了历史的沧桑感和纵深感。文章在第六自然段插入讲述望红，介绍望红名字的由来以及望红一家传颂望红妈妈给红军带路的故事，历史上的军民鱼水深情和老百姓的无私奉献与现在贫困落后的现状，形成反差，让扶贫工作变得更有意义和有针对性，可以说，没有"望红"这一节的故事插入，文章的内容肯定不够丰富，还会逊色，正因为有了望红故事，才使得文章情节更为完整，为后面的联合村改名为"望红村"做了铺垫，从而大大深化了文章中心思想。

四、细节的作用

灵活的成功的细节描写会让读者印象深刻。这是真实的,也是行文需要考虑和布局的。"包裹里面有包裹,而且包得很严实,我小心翼翼剪开,竟然没猜准。""小心翼翼剪开"这个细节描写,反映了"我"的做人做事态度。不得不说,细腻、细心,是一个文化工作者和教育工作者应有的素质,否则,为什么"我"能成为一个"老师"?"我"为什么会受到老游的尊重以及孩子们的爱戴?生活没有无缘无故的理由,一定是某些细节成就了一个人的"伟大"。诸如此类的例子,文中还有很多,在这里就不一一列举了。

五、主题的提炼

文章没有主题,犹如骨骼没有灵魂。好的主题,直接提升了文章的品位,因而,立言立意,是一篇文章成功与否的重要因素。"我提笔给老游写回信,我说我忘不了'柳林春雨'那位好妈妈,忘不了望红村,我希望我们和望红村结成对子,世世代代帮扶下去。"这段话直接与"柳林春雨"标题相呼应,主题是积极的、感人的,是贴近现实生活的。文化扶贫,"帮扶"的主要对象是小孩子,是祖国的未来、民族的希望。"我"和老游这样的扶贫人员,不辞辛苦深入山

小小说艺术

区百姓人家,与孩子们亲密接触,提供帮扶,这样的行动让山区孩子们如沐春雨、茁壮成长。反过来,望红的事迹也深深教育了扶贫干部,使得他们心灵深处受到震撼,驱使他们更好地致力于扶贫事业和心灵事业。人类生生不息的原因,在于精神不死,灵魂的高处,必有力量的支撑。文化扶贫的价值就在于为民族消除知识贫困,让灵魂受到好的教育,人们生活在阳光照耀的地方,他们才有能力去建设好家乡。文化培根铸魂,让一个又一个地方变得越来越美丽,这不正是扶贫工作的意义所在吗?

附原文:

柳林春雨

老游在乌蒙山区扶贫。

乌蒙山位于滇东高原北部和贵州高原西北部,这里的山连着山,望不到头。一座山翻过一条河,仿佛苍天在呼唤云端的歌。

老游说山区孩子缺书,缺好书,他说第一件事要文化扶贫。收到他的想法和请求后,我决定去那里看看。单位的小谢和小莫,跟着我,几个人带着一大批书、写字本和文具,前往老游所在的扶贫点。

老游的扶贫点在乌蒙山区一个叫乌峰山的地方,此处有一个叫"柳林春雨"的景胜处。满天的乌云,细密的雨丝,穹宇之下,雨滴雨声滋润心灵。

这些优美的描述是一群孩子你一言我一语说的。我们到达之后,老游安排了一场赠书仪式和一堂课。赠书仪式后,老游跟学校联系请我讲一堂课。面对一双双渴望的眼睛,多年没上讲台的我,那天居然滔滔不绝,讲得十分出色,孩子们听得也很兴奋。看到激动万分的孩子们,我觉得我们为孩子们做的事太少了,一种愧疚之情油然而生。

那天,老游还给我讲了一个真实的故事:红军在扎西会议后不久,有支长征小部队经过"柳林春雨",一个不愿意说出自己真实名字的女子给红军带路。红军走后,女子被恶人告发,当地的头人勾结民团抓她,女子只好连夜逃走,跑到一个人烟稀少的地方,跟一个只知道种玉米疙瘩的老实男人成亲,后生下一个儿子,女子给孩子取名叫"望红"。

岁月如风,很快望红长大,结婚后生了一个女儿,女儿长大后嫁到邻村,但隔一座山和一条河。望红跟女儿虽然隔山隔河,但行政上却同属于一个自然村,也就是老游蹲点所在的扶贫村。望红给女儿讲过奶奶的故事,望红的女儿生了一对儿女,她又给儿女们讲红军和祖外婆的故事。

我们扶贫工作组进驻后,他们非常欢迎。由于自然条件限制,包括望红在内,他们都没有读什么书。老游走访中听说"望红"的故事,觉得自己无论如何都要多帮助他们。

老游东奔西走,联系单位,因此就有了我们的乌蒙山之

小小说艺术

行。老游特意带着我们将书、课本和文具送给望红女儿的两个孩子，孩子们像过节一样高兴，脸上阳光灿烂。

我们在乌峰山里穿行攀爬几十里山路，那一刻我忽然觉得很值。

我们走时，孩子们依依不舍。回来后老游给我打过几次电话，他说你们走后，几个散落的村不再是一个个孤岛，已经联合起来了，这个联合村取名叫望红村。

从老游那里回到单位后，一忙，时间一眨眼就溜过去一年多了。

当我沉溺于庸常俗事又脱不开身时，没想到老游来包裹了。

我打开封口，剪掉外包装，挺沉的一袋东西。说老实话，我是有点好奇，难道寄的是土特产？上次带回来的玉米棒子甜高粱、马铃薯，大家都说好吃。我说，那是，那里空气好，没有污染，绝对的健康食品。

在乌蒙山几天，老游带我们去过一个地方，他说跟当地学会了用土法酿酒，他的土酒绵软不上头，我们喝过，比茅台酒不差。

想到这，我的眼前似乎出现了幻影，看见老游穿过一片玉米地，慢慢地，影儿不见了，阳光下，一棵挺拔的玉米秆在眼里晃动。老游就那样站在地里，朝我微笑。

我一边想一边打开包裹。包裹里面有包裹，而且包得很严实，我小心翼翼剪开，竟然没猜准。

老游寄的不是土特产，而是寄过来一堆作业本。在作业本上面他写了一段话，他说记得我是语文老师出身，水平高，帮孩子们改改作业吧，看看孩子们进步没有？

我的鼻子一酸。

老游心细，作业本码得整整齐齐，有十多本，看得出，这是课外作业，不像是课堂作业。老游搞什么鬼？批改作业也轮不到我啊！但老游的信，还得继续往下看，看着看着，玉米秆子又在眼前晃动了。

那是老游！

老游说，你给孩子们上课，还带给孩子们书本、笔、写字本，孩子们想着你，念着你，每个孩子不约而同地做了这些作业，是向你汇报呢。

我翻开一个本子，第一页就说：刘老师，您好……

多好的孩子啊！很多年没有人这样亲切地称呼我了。

都说距离远了人容易生分，但我怎么不觉得呢？"柳林春雨"那个地方，总是时不时让我想起。

老游啊，老游！面对那个曾经舍生忘死为红军带路脱险、还给孩子取名叫望红的老妈妈，我惭愧啊！请转告他们，她后人的作业，我要永远地看下去。

我提笔给老游写回信，我说我忘不了"柳林春雨"那位好妈妈，忘不了望红村，我希望我们和望红村结成对子，世世代代帮扶下去。

小小说艺术

　　备注：《柳林春雨》原载《北方文学》2022年第4期，《小小说选刊》2022年第13期转载、《作家文摘》2023年2月14日转载。《北方文学》公众号、《小小说选刊》公众号2022年7月21日"悦读"同时推介。《语文拾穗集》公众号2022年7月27日以"美文欣赏"推介。入选《2022年中国微型小说精选》（长江文艺出版社）、《2022年中国微型小说排行榜》（百花洲文艺出版社）、《2022中国年度小小说》（漓江出版社）等选本。入选《惠州市2022—2023学年度上学期义务教育阶段质量监测八年级语文试卷》等中学语文试卷。曾获"筑路高峰"全国小小说征文评选二等奖（河南省作家协会、河南省文艺评论家协会等主办）。

小小说的五个问题

——从《骨朵桃花》看小小说要注意的几个问题

2017年7月17日,《骨朵桃花》在金雀坊发表,是杨晓敏老师向我要这篇稿的。一个小小说界举足轻重的编辑家、评论家、小小说文体倡导者,竟然关注南方的我的这篇作品,这让我非常意外,当然也是非常感动,于是,就愉快地将稿子快速发给了杨老师。金雀坊刊登后,我注意到全国不少网友留言,赞赏鼓励,热情有加,因而,我的内心对小小说的执着又平添不少热情。

这篇作品的最初构思时间是在四年前,或许更长时间,作为一个朦胧的想法,是基于情感深处对于美的依恋与思考。2018年1月23日,杨晓敏老师为这篇作品又写了鉴赏,同日《杨晓敏自述》第238期发布原文及鉴赏文章,"桃花三千里",小小说也是爱慕"桃花"的,小小说有了桃花的语言,因而,我一下子可能就被人惦记了。的确,2018年5月11日,全国小小说学会联盟评选年度作品,《骨朵桃花》

小小说艺术

荣获2017年度全国小小说十大佳作奖（见《栽种小小说纪事》第155期，2018.5.11）。

这篇文章的历程，自构思面世到成为文选，本身就是一段非常梦幻般的诞生记和奇遇记，这得益于生活的质感和导师杨晓敏老师的慧眼。2019年7月3日金雀坊再次以文选方式推出该作品，我想我应该做的，就是要就小小说文本话题看小小说要注意的几个关系，以期日后对文本的雕琢有更进一步的梳理和借鉴。

取名问题。小小说作品标题和人物取名一直是一件大事，不可等闲视之。讲究标题，好标题除了醒目、让人记忆深刻、有意思等等外，其实还有作者的精心谋篇布局用意，《骨朵桃花》，标题既有清新质感，又有典雅意象，流动情愫，思考意蕴，开始就埋下了伏笔。取人名也要讲究，《骨朵桃花》里的"宋之远"，他不单单是一个人的名字，实际上，暗含着两宋相对大唐的遥远距离。

结构问题。小小说是小说，必须具备小说的要素，又具备小小说精致、微言大义、以小见大等特质。《骨朵桃花》的明线，是宋之远与桃花的恋曲，暗线是故宋与大唐的对比衍生的惆怅失落。明暗交织，结构紧凑。作品看起来是写青春的迷惘恋曲和中年回味找寻爱情的浪漫画卷，其实这只是表象。唐宋关系和影响，纵深意蕴如何书写？一直在我的心头存留。"宋之远"这个符号，有着大宋"小园香径独徘徊""才下眉头却上心头"的文化拷问，没有了大唐辽阔疆域的大宋,它难道就没有惆怅吗?没有心底的美好追求吗?"崔颢"无疑是大唐的象征符号,他的存在,就像大哥对小弟(宋之远)的影响,大唐的简约意象和恢宏气势,"九天阊阖开宫殿,万国衣冠拜冕旒""黄鹤一去不复返,白云千载空悠悠"的遗韵,这是两宋无法比肩的,大宋所具有的长短句,或许隐含着宋代文人的怅惘叹息。

细节和留白问题。小小说除了情节的一波三折、曲转外,留白、细节的讲究也是小小说要特别注意的。《骨朵桃花》里面有一段"那天颠鸾倒凤,滚烫的心旌,从白天直接深入到黑夜,浸润与燃烧的所有过程,都完完全全地走过了。"这段写情爱的文字,描摹非常简约,却逼真并意味深长,充满无限想象的空间。结尾"可笑宋郎桃花怨"的结语,既是对宋之远对爱情追寻不彻底的埋怨的回复,也是桃花本人对最终出现"桃花怨"结局的失落心声,宋之远有失落,桃花何尝没有失落呢?诗词对白,其实是心曲的流露。"桃花怨"也是宋对唐的无法言说的万千愁绪,两宋无法再现大唐的巍峨气象,何尝不在宋人的心中徘徊?

语言问题。"在千把字的篇幅里,小小说的语言,是提升艺术品位的至尊法宝。"(《杨晓敏自述》第604期),《杨晓敏自述》第238期对《骨朵桃花》的鉴赏文章说"作者轻拈一支典雅秀逸的诗笔,随意点染,信口吟哦,自由穿行于古典与现实之间,为读者描绘了一幅桃园艳遇图",语言诗美,青年评论家雪弟曾说"在小小说作家中,

小小说艺术

刘帆是独特的。这种独特，主要体现在他独具一格的诗意叙述"。《骨朵桃花》的语言是简洁的、灵动的，但也是惜墨如金的。比如过渡句"宋之远，的确也遇到过这样煽情而迷乱的桃花"，承上启下，不拖泥带水，"桃花"的美：煽情而迷乱，那种极致之美之韵，随时呼之欲出，小说文本诗美的画卷完全定调，可以说，打开的就是一幅古典与现代交相辉映的"桃园艳遇图"。

故事核问题。小小说文本的存在或研究价值，"故事核"是考量之一。《骨朵桃花》落墨在"桃花""人心"，"桃花"意象的演绎，都是为了再现"人心"二字的描摹和刻写。"人心"如何展露？故事如何开展？情节如何突转？最终体现故事核的深度和纵深品质，就是"人心"刻写。《骨朵桃花》的艺术生命力，在于用亦真亦幻的手法、虚实相间的叙事方式、古今穿越的构思，在古典与现实之间，活灵活现立体演绎了古今爱恋的心灵图景。时光回旋，文本里既有桃花的轻灵与朦胧，亦有桃花三千里的辽阔与绚烂，现实与历史融合，故事核最终留下的是人生的思考。首尾关于"人心"的圆合，不论是崔颢的黄鹤，还是宋之远的桃花，都代表着一个人的精神意向和心灵追求。

2019 年 7 月 3 日

附原文：

骨朵桃花

桃花才骨朵，人心已乱开。

写这诗的人据说是在龙泉驿的桃花林中才写下如此煽情的句子的。

宋之远，的确也遇到过这样煽情而迷乱的桃花。那年，在鹏城的海边，孟秋的时候，一个女子温婉向他走来，人面桃花，淡雅宜人，一颦一笑，软语莺莺，加上黄色裙子飘飘，美貌惊若桃花仙子。为此，他还写了一句诗"惟愿今生把桃花当作故乡"。

宋之远时常握笔研墨，桃花从心中嫣然走来。

因此，宋之远思绪里总是"桃"啊、"花"啊之类的，其实，他真正懂得桃花的时候，桃花根本就远离了视线，水榭画廊，佳人何有？于是，他说，怪不得三月里桃花老是笑春风。

女子桃花，远远的，幽香弥漫，春风花语，杨柳轻扬，细碎的江南韵致，宋之远惊愕，自己就像是呆呆的春风。

为此，宋之远没少烦恼。不过，他有个好优点就是，愿意将烦恼说给好朋友崔颢听。崔颢说黄鹤一去不复还，白云千载空悠悠，那时候，长江太阔，浩渺无边，人一远去，只有空悠悠地怀想了，因此，纵使江阔云低，也要百渡长江，

小小说艺术

追回心中的黄鹤。

崔颢一说,宋之远醍醐灌顶。之所以雁字回时恼羞心头,你宋之远何曾真正百渡过?既然岁月悠悠,没有百渡彼岸,索性,他特地跑到网络上百度一下,思想上也要去百度一回"春风",希望找到心中的桃花。

宋之远很认真地输入"春风"二字,鼠标一点,百度跳出的解答是,春风,指的就是春天的风。出处是战国楚·宋玉《登徒子好色赋》:"寤春风兮发鲜荣,絜斋俟兮惠音声。"意思是说,万物在春风的吹拂下苏醒过来,一派新鲜茂密,那美人心地纯洁,举止端庄,正等待我惠赠佳音。这一回,宋之远别提多恼人了。为啥?春风就是春天的风,那么也就是说,桃花来去都是像春天的风一样轻盈,怪不得如何捕捉得到桃花的消息呢?更别说桃花的花语了。

于是,宋之远郁郁寡欢,还说崔颢这人不义气,搞那些文绉绉的东西,会害死人的。

桃花三千里,春色满宋都。宋之远自己心里的都城,他是唯一的都城庄主人,陪伴他的就是心中的桃花仙子。

有一天,宋之远在自己的都城里漫步,突然,被一种奇怪的力量,牵引到了南海。只觉得南海的那间陋室里,竟然香气氤氲。当然,桃花也是香气氤氲的。宋之远觉得秋阳特别的刺眼,或者说很毒。连聊天、缠绵的时候,秋阳也来搅和。

于是,气氛里总是无比的燥热。宋之远心头的小鹿咚咚直撞。自己竟然在桃花仙子的居室？朦胧中，只听到桃花咯咯一笑："来呀！"

她斜倚床头，目光迷离，一泓想要说话的眼睛，如城南庄那株人面桃花，寐含春水，肤如凝脂，烟罗软纱，月笼初雪，粉腻酥融，娇娇欲滴。宋之远徐步前行，似是无限托举，低头迎合，已经怀抱桃花在柔若无骨中了。

那天颠鸾倒凤，滚烫的心旌，从白天直接深入到黑夜，浸润与燃烧的所有过程，都完完全全地走过了。

宋之远问桃花，若何？

桃花答，永存。

就是说，可以相恋下去。但是桃花最后说了一句，就是明年桃林花开的时候，你才能见到我。

明年桃林花开？

对啊，我本千年桃花仙子，今年来过之后，明年才会再来。如果你等不到那一天，则不必再来。只有在你心不乱的时候才能见到我。

说完，清风一缕，飘然而去。留下呆呆的宋之远恍恍惚惚。

次年，宋之远依约过去。行前，崔颢说记得到桃花江去拿些水，花要水才滋润，有水才有花之语。宋之远照办了。

宋之远赶到南海属地，确也是春暖花开的时候。桃花盈盈，竟是大片大片桃林，宋之远迷迷糊糊，在花间穿行，愣是无法找到桃花本人。他郁闷之余，徘徊在桃林里，虽然桃

小小说艺术

花灼灼,骨朵粉红,但是,人面不知何处去。目光依稀,似有桃花女子在林中闪过,追着,追着,终是不见芳踪。疲累之余,他提笔在桃林的大门墙壁上写道:"去年桃花才骨朵,今年人心已不同。人心乱开何处去?只有宋郎笑春风。"

然后惆怅而去。

不想前面十里桃花店的地方,一位女子依依,在门前倚门伫立,呆呆地望着宋之远打马归去。

不久后,桃林大门墙壁下面有另一首诗贴上。

"桃花自有桃花店,宋郎送水我知远。前面桃林本我栽,可笑宋郎桃花怨。"

备注:《骨朵桃花》原载《金雀坊》第813期,获2017年度全国小小说十大佳作奖,入选《杨晓敏鉴赏》和《金麻雀文选》。载《百花园》2019年增刊,《活字纪》2020年2月21日重磅推介,《小小说选刊》2022年第8期转载。

第三辑

佳作赏析

小小说艺术

小小说艺术

一部命运共同体的寓言
——评申平的小小说集《马语者》

一看《马语者》的封面，我便被深深吸引。浅绿色的书封，动人肺腑的马，飞扬的长鬃，草场上，骏马似乎在诉说或等待什么。这样一部书给我的感觉，就好像一部人类命运共同体寓言，它为小小说写作者提供了一个可资借鉴的创作方向和经典叙事。

这部小小说集，以动物为原型，植入作家的情感，每一个独立成篇的作品，都透着生命的密码，写着人与自然、人与动物的关系，的确是一部生态启示录。著作者申平，来自内蒙古大草原，其内心丰富、深厚的情感一直与这片辽阔的土地相连。大草原给他的养分，使得他不间断地积极思考，勤奋创作，从而成就了他的积极且精彩的人生。一个作家跟普通人一样，都是有故乡的，其笔下的文学作品也是有故乡的。"故乡"在申平的小小说世界里，占据着无比重要的地位，他的小小说具有原汁原味的草原自然风情，奔驰的骏马,遍地的牛羊,无论哪一种动物、哪一片草场,都在他的心底活着,碧绿的草地,清清的河水,成群的动物,看不完,写不尽,因而,他的动物小小说题材取之不尽,文章信手拈来。他以极大的耐力,经年累月地书写着草原的传奇,见证草原命运的沧桑变化。他的执着和深深的思考,深深打动了我,在他借助小小说描摹宽广的世界和人性深处的脆弱命运与精神共鸣上,我看到了一种智者的思索。他的动物小小说现象,已成为小小说界一道独特的人文风景。

人类的命运从来不是命中注定的,而是由人类的选择决定的。草原生态的命运,最终也是由人类决定的。《马语者》关注动物,实际上是关注草原生态系统,关注人类栖息地的命运。小说里面的精彩故事,是无声胜有声的语言,具有语重心长的韵味和发人深思的力量。动物的命运和人类的命运是那样联系紧密,任何割裂都会损害彼此的和谐。年深月久的思考,用心血写成的斑驳的文字,表达了对于命运的深深忧思。

《马语者》的命运气息,在于读者的深深震撼。这部由精选出来的36篇动物小小说组成的集子,我们完全可以注意到"36"是一个多么吉祥的数字。这个组合数字与他在小小说园地耕耘了36年重合,这本身就是一个寓言,是作者人生命运的奇妙演绎,是一个总结。我想,"马语者"作为书名,其寄寓的文学想象与深意,就像思考者的眼睛,那里面透着人类的深邃。

小小说艺术

36年，1万3千多个日日夜夜，执着于一个专题，奋斗不止，笔耕不辍，这在人生漫长的岁月长河里，无论怎么说，"36年"都不是一个很短的数字，它在让人钦敬的同时，也让人想到，成功者的脚步，从来都是不停歇的。有的人抱怨这个，抱怨那个，叹息自己没有成功，这样的人唯独没有抱怨自己为什么没有长久坚持、为什么没有恒久的思考，所以，任何怨天尤人，都是不能自圆其说的。

我与《马语者》是有缘分的，我是这部著作的幸运读者。这部著作的某些篇章，或许我还是第一读者。《寻找头羊》《老辕马》《杆子马》《白百灵》等一篇篇佳作，是在我编辑的小小说专业期刊《荷风》（季刊）刊发的，而且还是首发，作为编者，作家与刊物、作家与编者、作家与读者，三位一体，命运与共，其中奇特的文字密码和不能忽视的文学际遇，本身就在塑造着一个个传奇的故事。我就想，别看这一期发一篇，下一期或下下期又发一篇，时间久了，就是一个系列，一个人专注于讲述自己情有独钟的一个类型的题材，将自己融入特定的叙事对象——动物身上，讲述草原的灵魂与血脉，这样的作家是在自觉地为小小说的叙事风格树立标志性的文学标杆，是在建构文本上的高地和精神上的故乡。通过《荷风》，我看到一个知名作家不拘一格的亲和力和其内心的绵软与思想，他与一本期刊不离不弃，岁月的光影记录着彼此的心灵，命运的体征是相互依存的，谁也难以分割。因为文学的名义，因为小小说的挚爱，他与桥头镇、与《荷风》以及与桥头镇很多朋友的缘,一切源于自然,源于"善心""善念""善缘"。《荷风》质地的光芒上,包含着他的动物小小说所散发的自然生态的草籽芬芳。读者在这里与他神交,与他笔下的草原亲密接触,与天苍苍、野茫茫、无边无际的塞外风光心乳交融,那些骏马、羊群、狼群,悄然在心里定格成影像,慢慢地,那些描摹就生下了根,发了芽。

这样,《马语者》就有了气韵绵长,而"善"左右着它的气韵是否虚空。人类千百年来生生不息,当然得益于天地人和。我常说,不要小看一个"善"字,"善心""善念""善缘"下,凝集着作家夜深人静时的"善思"和"慈怀",这样的作品默默引人尚"善",劝导灵魂,规避灭绝性灾难,他的创作实践无疑将一个作家与作家自身生长、生活的地方和当地的命运气息紧密相连。

在《马语者》中,物质和非物质文化因子所散发的力量,显示作者看到了自己肩负的使命,其笔端的汩汩滔滔,其实都是作者与草原上的动物们的心底互动,和谐代表着内心的希冀,平衡诉说着作家的理想。小说彰显的个性张力,驱使人们关注一种生存、生活和怎么生存生活的意义。毫无疑问,申平为自己从事了 36 年的小小说写作刻写了一个里程碑,留存了小小说写作的生态文学现象动物样本,因而,该书为当代小小说创作树立了一个非常有意义的文学写作自觉性和独特叙事风格范本,必将给小小说界带来新的冲击,

小小说艺术

引起写作体验者的共鸣。

在《寻找头羊》中，作者发出的"我的头羊，你在哪里"的呼喊，惊天动地。"头羊"是精英，是领路人，是不可多得的人才，任何伤害都会留下深深的叹惋，聪明的读者完全可以看出作者借"头羊"来呼唤人才和保护人才的思想。《老辕马》里的老辕马和王大鞭子的人畜恩情，揭示人与动物的相处达到了情感交流上的心心相印和知恩报恩的俗世永恒主题。《杆子马》里的牛倌儿制服桀骜不驯的"杆子马"，而我却连一头牛也没赶出来，中间的强烈对比，实际在揭示生活的本质是什么，什么才是技高一筹？《白百灵》围绕逮鸟，金明和小地缸做法完全不同，金明烧掉逮鸟的毒药"扁毛霜"，用好麦子偷梁换柱，最终是救了神鸟白百灵。主人公金明不动声色的做法让人肃然起敬，读者看到的是他对动物的保护善举，而小地缸用"扁毛霜"捕捉白百灵牟利，对比之下，金明的形象一下子陡然高大。集子所有的篇什，都指向命运深处人性的光泽，显示了作者的慈悲为怀和希望与自然共生共荣的真诚想法和朴素情感。

《马语者》叙述人类与动物和谐共生、命运休戚相关的重大主题，也体现了物我一致的价值倾向和伟大的人文关怀。小说用文学的观感和细腻的思想，为动物说话，为人类命运共同体普渡慈航，视角是独特的，思想是深刻的。初识和深读《马语者》，感觉虽然略有不同，但意味殊途同归，原因在于，小说给愚钝者和智识者一样，都是智慧者说，善待生灵，厚待动物，借以喻人向善，小里见太阳，大处拨云见日，因此，开卷有益，古人云是至真至善的普世总结。

《马语者》里面的一篇篇小小说可以看作是一个个"寓言"，事实上也是如此。小说讲述的每一个故事，抛开写作手法的老辣，我看寄寓意味深长的道理，劝诫苍生的良苦用心，希望给社会以某种人性深处的触动，细细思量未来的命运，当是作者厚德待人、真诚尚善的慈怀胸襟，当中的悲悯佛光，读者不可以视而不见。

《马语者》作品当然是虚构的，但是人文健康朴实的道德和智慧无穷的光芒，在故事里又是丰富而且是深刻的。不要小看一个个浅显的道理，实际上可以帮到人，具体帮到多少人，这个确实不好说，但是影响一个是一个，口口相传，字字珠玑，代代传承，文化不就是这样越千万年而不衰？因此，《马语者》对写作上好高骛远者绝对是一面镜子，既照见腹内五蕴皆空，又提醒如何逢山开路，找到属于自己的那一亩三分地。

地里种什么东西，就是写作要写什么题材。如何扶犁拓荒、播种产物，方向很重要。视角开掘，不落俗套，说是老生常谈，其实真正落到具体的每一个人，要找到自己的叙述点不容易。读天下书，写天下事，大多数人理想追求是至高至大，而俯瞰苍生，体恤时艰，以命运共同体心态看世间万

小小说艺术

物,须有济世救人的菩萨心肠和低头走路、为生民说话的情怀。通过《马语者》短小精悍的文字,动物的价值和人类价值追求,以及不可预知的人类及其生态的命运,在尺幅之间,一篇篇小小说,实际上彰显了宽广的精神向度。

2022 年 5 月 16 日

小小说的小、巧、新、奇
——莫树材《骤雨中的阳光》赏析

小小说是浓缩的小说，麻雀虽小，五脏俱全，所谓"幅小天地宽，文短日月长"，说的就是小小说。那好的小小说有没有标准？关于这个问题，我想以莫树材的小小说《骤雨中的阳光》，来谈一谈小小说的"小、巧、新、奇"问题。

首先，小小说作为一种新兴时尚的文体，自然也是有特点的。通常说小说的三要素是人物、环境、情节。人物是小说的核心，情节是小说的骨架，环境是小说的背景。小说的主要手段是塑造人物形象。

小小说除具备小说的特质外，它还有更为显著的特点，简单讲就是：小、巧、新、奇四个字。关于这个说法，已有一些专家学者进行了相关论述，大致观点如下：

小，主要指的是小小说的篇幅短小。通常的说法或规定是 1500 字左右，虽然也有写得长的，但一般都会控制在 2000 字以下。

小小说艺术

巧，说的是小小说要巧于构思。小小说需要克服篇幅短小的困难，在构思过程当中，巧妙选择创作题材、确立主题、设置人物、虚构情节、安排结构等等，在一波三折中让人物和情节进行片段式行动，捕捉瞬间故事发展、定型人物面貌、摄取典型环境等等。

新，强调的是小小说需要立意新颖。就是用有限的文字，展现文章无限的感染力，这就要求作品必须把握很好的视角，切中问题，在新颖上做文章，定位作品的艺术定位，反映作者的艺术情怀和思想境界，换句话说，就是只有新颖才能别具一格。

奇，是说小小说讲究结尾奇巧。追求留白，想象闲笔，讲究出人意料，或令人拍案叫绝。

综上，小小说的显著特点是可以简单归纳为"小、巧、新、奇"四个词来形容的。放到桥头小小说创作基地，我们有没有与此特点比较吻合的小小说？下面，我以莫树材的《骤雨中的阳光》这篇佳作为例来具体分析。

一、"小"的问题。这篇作品正文通篇只有1395字，是一篇比较标准的小小说，篇幅符合小小说规定的字数1500字上下的标准。

二、"巧"的问题。主人公"我"和学徒工友小张、小李、小黄为躲一场南方夏天的"白撞雨"，挤进了一个骑楼，与一个拿着《电大语文》学习的"女兵"相遇。环境设置上巧合，但与生活实际吻合，不是瞎编乱写的，小说场景、环境要素完成了在特定状态下的生活冲突,为全文情节铺排发展做了铺垫。

三、"新"的问题。故事画面在下雨相遇、众人说风凉话、女兵救人、拾起雨伞等一个个紧密环扣的情节中演绎,完成了特定年代的一场酣畅淋漓的"军人秀",人格魅力、思想意味,在平凡的小事中得到升华,在建设物质文明和精神文明的今天,这篇小小说在给人带来怀旧的同时,亦会产生心灵上的新感觉、新感动,从而有新的奋发有为。用时尚的话来说,这是一篇充满正能量的作品。

四、"奇"的问题。

大家来看这一段话:"刚才还在笑话老人'跌倒活该'的小黄突然尖声叫起来'爷爷,爷爷!怎么下雨天还跑出来逛街!'小黄告诉我们,他爷爷老年痴呆,每天都要出来行街,却经常迷路,他们只好让他挂着一块牌子,上面写着家人的电话地址。我帮着小黄把他爷爷的湿衣服脱下来,果然脖子上挂着一块铭牌。"

小黄是起劲说风凉话的人:"大概在看什么八卦杂志吧,还不是跟我们一样无聊!"小黄阴阳怪气地搭上腔。还有一个地方写到小黄这个人:我和同伴们大声哄笑,小黄大声说:"老家伙无自知之明,那么大年纪了还跟大雨斗,活该!"没有同情心,缺乏雷锋精神,不尊老敬老的小黄,最后自己难堪:解放军女兵救的人竟然是小黄的得了老年痴呆症的爷爷。故事到此出现高潮,戏剧反转,出人意料,被打

小小说艺术

脸的竟然是说风凉话最起劲的小黄。作品构思此处说是"奇"，也是客观的。

　　文章还有个照应的问题，就是首尾圆合。这篇作品的结尾落锤，回应了标题"阳光"，众人以女兵为榜样，努力学习，都考上了电大，实现了自我救赎。

　　这篇作品不是很深奥，大家一看就懂，是大众读本。文中男青年起初对女军人阴阳怪气，说风凉话，及至女军人雨中救人，情节反转，男青年转而仰慕崇拜女军人，军人的人格魅力使得男青年追求阳光，希望积极向上，反映了主流社会价值，思想上有引导作用、有教育意义。

　　从这篇文章分析可以看出，小小说写作，是有一定的标准的，没有规矩就不成方圆；但是写作毕竟是个性化的，因此也不能将标准视之为模块，否则，小小说就没有创新了。写好小小说是需要人生积淀的，是需要传统文学熏陶的，岁月渐长的探索途路上，历练是必不可少的因素，其次，与时代精神合拍的作品，它受到的关注度会高一些。激励或教育，思考是必然的，小小说一定不会因篇幅短小而失落，相反，它有着很强的生命力。

2018 年 9 月 15 日

莞邑大地的文学经典
——《曙色成霞——桥头小小说精品选》序

记住一个地方，除了它的东南西北、乡音和地标性建筑外，还有就是要寻找地方存留的文化记忆和生活记忆，只有这样，一个地方才会令人印象深刻。

记住"桥头"，必须要从荷文化和桥头文学去寻找它的生命体征和力量。桥头人爱荷，慕荷之圣洁美丽，因荷而生的桥头文学，纯洁高雅，这些年来风生水起，"桥头文学"这张文化名片，全国闻名。文学赋予桥头镇璀璨的光芒，很多人因为文学，在脑海里、心灵上记住了桥头。当代桥头文学的记忆，就是一部桥头改革开放的历史，它在时间和空间上，与人们的日常生活没有距离。

关于桥头文学，必须着重提到桥头小小说。小小说被誉为文学的"轻骑兵"，小小说是桥头镇的特色文化品牌，岁月的光环中有它的倩影。人们谈到桥头，必然会想起桥头小小说，想到全国小小说的"桥头堡"和小小说品牌期刊《荷

小小说艺术

风》在东莞市桥头镇,这个镇因为小小说而成为"中国小小说特色文化品牌名镇"。充满时尚气息、引领潮流文化的文学样式——小小说,在桥头培植生根,现已长成参天大树,无论昨天,还是今天和明天,都孕育着无限生机和希望。

这就是文学的力量。文学永远有着不可估量的价值,它带给人们恒久的精神能量。关于桥头小小说的记忆,要上溯到2008年。2008年不是一个平凡之年。这一年春节前夕,南方地区发生特大暴雪灾害,震惊世界;8月8日,第二十九届奥林匹克运动会在北京开幕,这是永载中华民族史册的大事件。在小小说界,这年底,杨晓敏、郭昕、寇云峰选编《2008中国年度小小说》,2008年度小小说的创作实绩得到权威记录。而在东莞桥头,这一年更是值得特别铭记的一年,8月,桥头作协在镇文广中心开会,决定以小小说为突破口,成立小小说创作中心,桥头作协这个决定,在今天看来,依然是富有远见的,桥头文学自此开启了新的一页。从现存的记载来看,当年的活动,脉络依然清晰如初。桥头文学燃起的理想之火,烛照未来。当初的成员刘克平、莫树材、刘庆华、诸葛斌、佟平、肖树、张辉旺、吴亮等人,很多人至今仍活跃在文学圈。可以说,从桥头小小说诞生那一天起,他们就为建构桥头小小说大厦添砖加瓦,而这座辉煌大厦,从一开始便显示了它与生俱来的不同禀赋和非同凡响。

桥头小小说是带着桥头乡土的乳汁芬芳和泥土气息登上

广阔的文学舞台的,它的文化胎记脱不了千年古镇遗存的人文底蕴,它在工业文明与农耕文明的变迁中,在改革开放的经济大潮下,不务虚,只求真,讲务实,希望出精品、出人才,这是本能的、现实的愿景,事实上,他们也是这么做的。2008年成立桥头小小说创作中心,明确提出"远学郑州,近学惠州,创建东莞市小小说创作强镇"的口号,并定下"过长江,跨黄河,上北京"的奋斗目标。定位清晰,目标明确,冲劲也就十足了。桥头小小说人,靠着一股信念,奔着一个理想,一步一个脚印,砥砺前行,一路走来就是15个年头。在文学名利场,究竟哪一种文学体裁适合桥头文学实现"异军突起"的梦想,应该说,当时的作协会长莫树材进行了深深的思考,他以自己的名望和执着,提出前瞻性思想,这种思想洞开了桥头作协很多人的思维,立即得到了时任镇宣传教育办负责人陈广城、镇文广中心负责人刘克平等人的大力支持,朴素的文学理想一旦上升到战略思维的层次,成功只是时间问题。好的开端,预示着瓜熟蒂落、水到渠成,多少年之后,桥头小小说名播四方,它的来路和去向,方位是那样清晰,目标是那样笃定,任何事业兴旺发达,最初的理想在其中起着十分关键的作用。

十五年长期坚守,一个个倔强的身板,一个又一个行之有效的办法和措施,一起作用,共同发力,立起"桥头小小说"这块金字招牌。其中,桥头作协在其中发挥着不可替代的作用。作为作协会长的莫树材,他以作协为基础,团结带

小小说艺术

领一帮志同道合、有理想有追求的写作人，从无到有，从不懂到如今省内外闻名，有着独特岭南气质和大湾区地缘环境的桥头小小说，因昨天的默默耕耘受到普遍尊重，因搭建小小说平台和阵地受到格外推崇，因未来的引领式发展引发更多关注、期待和憧憬。

十五年的光阴没有白流。在这里，桥头小小说无上光荣，永远充满激情，魅力四射。桥头小小说早已跳出狭义的桥头地域，辐射东莞全市，惠及万千莞邑儿女。同时，还向着广袤的全国进军，影响力与日俱增。桥头小小说成员遍布东莞全市32个镇街，队伍逾130人。基地刊物《荷风》作者，更是来自五湖四海，他们将桥头的声音传向四面八方。桥头小小说这支庞大的文学生力军，是莞邑大地一支不可小觑的文学力量，任何人或机构都无法忽视它的存在。

桥头小小说人建构的文学理想和取得的文学实践，从市报市刊，到省报省刊，再到国家级报刊，很多地方留下了他们的印迹，那些闪光的文章，镌刻在历史簿上，印在油墨飘香的书上，"幅小天地宽，文短日月长"，小小说，弘扬主旋律，宣传正能量，歌颂真善美，鞭挞假恶丑，为净化社会环境、纯洁人们的心灵空间，直接提供了精神食粮。桥头小小说写手众多，一些名篇如《红马甲，黑马甲》《67号马车》《梅花烙》《渡船》《阿三的短暂人生》《秤砣情》《赝品》等，已广为人知，得到专家学者好评。桥头小小说在文化创新发展和精神文明建设方面都取得了长足进步，已成为重要的载体。

今天的桥头镇,已不仅仅是一个因荷花而闻名于世的地方,它更是一个因"小小说"、因文学而四海皆知的文学重镇,它聚合人气、铸就精品、建构高地,已成为全国小小说的"桥头堡"。岁月散发流金与光芒,它把中国小小说特色文化品牌名镇的光环印在桥头的天空,因而,全国亿万小小说人,对它有着特殊的情感和希望。全国小小说"桥头模式"和东莞文学"桥头模式",在不断进入人们脑海的同时,"桥头"作为一个地理上的名词,早已与荷花、小小说和文学艺术融为一体,在可以预见的未来岁月里,它只会越来越熠熠生辉,人们在追忆一个地方文化兴盛的同时,也以一种新的眼光和期待俯瞰未来。

在文化创新发展上,以老作家莫树材为首的小小说人,在桥头镇文化服务中心、桥头镇文联等单位的支持下,懂得因时而化,抓住机遇;懂得战略突围,寻求突破;懂得营运管理,激活潜能;懂得兼收并蓄,稳中创新。他们将桥头的荷花张力无限放大,将花朵绽放时所散发的气质和电波,转变为自然引力,悄悄地把小小说这朵小花精心呵护、精心培植,最终将桥头镇打造成为闻名全国的、引发人们热议关注、谈资不断、令人向往的文化生态小镇,从这一点来说,十五年踔厉奋发、笃行不怠,经验与收获成正比。因为年复一年的求索,到今天硕果累累,早已实现了"过长江,跨黄河,上北京"的目标,十五年时间,桥头小小说人创作了不

小小说艺术

下5000篇作品,很多佳作在省市报刊刊发,也上了北京的国家级报刊,如《小说选刊》《人民日报》《作家文摘》等,不少优秀作品还被全国省市中学语文试卷选作文学类文本阅读题,成为万千青年学子观摩学习的范本。

桥头小小说日益迈步全国。它一开始就不是关起门来"闭门造车",而是广开思路,用创造性思维谋求发展。桥头镇委镇政府在打造荷花名镇的同时,也对小小说这一特色文化品牌倾力打造。政府每年拨付专项资金予以扶持,在文化宣传上开放绿色通道,全方位、广角度报道,不得不说,政府重视是桥头小小说腾飞的重要因素之一。其次,桥头镇文化服务中心(前文广中心)、桥头镇文联和桥头作协、桥头小小说创作基地,借政府扶持力度,依托小小说基地和平台,筑巢引凤,大力引进人才,精心谋划、精心打造、精心开展相关文学活动,有效激活文学创作土壤,活跃文学氛围,不断做强做大"桥头小小说"这种文化名片。第三就是"借东风",广开门户,注重名家效应,重用良才,创新方式,加大对外交流,邀请名人名家到桥头传经送宝,通过举办小小说讲座授课等方式,开阔写作者的视野,让他们从培训交流中寻找创作真谛,提高创作水平。全国文学名家、知名作家、编辑家、评论家,如杨晓敏、蔡楠、申平、李晓东、顾建平、任晓燕、秦俑、张越、郭晓霞、雪弟、李素灵、李春风、刘建超、非鱼等,都来过桥头。通过持续不间断的努力,绚丽的荷花为小小说插上翅膀,小小说为荷花注入灵魂，文化融通，交相辉映，桥头出现一道道亮丽的风景线。青年评论家雪弟曾评价说："在2008年前，在广东境内，相较于佛山、湛江和惠州的小小说创作与评论，东莞（自然包括桥头镇）是相对滞后的。但2008年后，情况发生了变化，东莞的小小说创作逐渐显露出了曙色，近几年则'始成霞'，涌现出了一批优秀小小说作家。其间的变化，显然与莫树材有着莫大的关系。"

莫树材的确是一位充满传奇色彩、对文学执着并有着理想主义情感的文学匠人。他原是桥头镇政府的一名干部，他写小小说的历史，可以追溯到20世纪80年代，是远近闻名的"小镇上的大作家"。2003年桥头作协成立，莫树材担任会长，同年，他从镇政府退休，他一面坚持写作，一面仔细观察和深刻思考，利用自己的社会影响力，为桥头小小说奔走呼吁。2008年他拉起一支小队伍，开始年复一年的文学苦旅，如果用"长征"来形容他开创的小小说事业，完全符合实情。

众所周知，文学是甘愿坐冷板凳的人的事业，尤其是搞活动，拉赞助，求帮忙，最是让人难以坚持。但是，莫树材不气馁，不懈怠，舍下尊严，放下自尊，多方奔走，寻找支持，终有所成。在这里，必须提到品牌期刊《荷风》和品牌赛事"东莞市小小说创作大赛"和"扬辉小小说奖"。如果没有这些品牌助力，桥头小小说必然失色不少。2008年，莫树材找到"罗龙记火锅城"赞助，举办面向东莞全市的首届

小小说艺术

小小说大赛，一批新人新作很快便相继冒了出来。东莞市小小说创作大赛，历经两届"罗龙记杯"、一届"华萃酒店杯"、一届"桥兴杯"，到第五届"美塑杯"时，情况悄然发生变化。当时的莫树材或许没有想到，广东美塑塑料科技有限公司董事长吴立国一赞助就没有停顿，而是年年支持，如今已历十届，成为合作典范。吴董事长每届坚持赞助2万元（第13届改为赞助3万元），为小小说事业"锦上添花"，为开展群众性小小说创作注入动力，以奖带推，作用是明显的。

另一个对桥头小小说影响深远的人，是李扬辉。他是桥头作协的副会长，也是东莞晟匡塑胶制品有限公司的董事长。他为桥头小小说的腾飞贡献巨大。他热爱文学，尊敬作家，默默支持，无私奉献，风雨兼程，无怨无悔，是一位传奇的热心人。2007年，他出资10万元支持举办东莞首届荷花文学奖，2015年赞助10万元举办首届"扬辉小小说奖"，之后每两年举办一届，到今年已是第四届。为了提升桥头小小说的品质，自第三届起他主动将赞助金额提高到13万元每届。经过多年连续打造，"扬辉小小说奖"日益享誉全国，成为桥头又一个特色文化品牌。"扬辉小小说奖"如今已成为全国层面的小小说重要奖项，成为全国小小说的风向标，平台的搭建，对桥头小小说乃至全国小小说而言，影响都是深远的。李扬辉是一位有着浓烈文学情怀的人，他助力桥头文学和桥头小小说走出桥头，走向更加宽广的舞台，赢得了无数人的尊敬与交口称赞。

人们谈论桥头小小说，肯定不会忘记上面三个人：莫树材、李扬辉、吴立国。在桥头小小说发展史上，还有一些人也应该铭记，那就是刘克平、罗锦雄等人，他们以文化者的身份高瞻远瞩，支持桥头小小说繁荣发展，他们的名字与桥头小小说联系在一起，人们同样应该记住他们。

在桥头小小说腾飞的路途上，基地编辑出版的小小说专业期刊《荷风》杂志，发挥着独特作用，起到了巨大的推动作用。《荷风》作为发表和展示的重要平台，一直得到省内外作家、编辑家、评论家的关注和肯定，《荷风》坚持质量办刊，大量原发作品被《小说选刊》《小小说选刊》《微型小说选刊》等知名选刊转载，很多作品被年度选本和排行榜收录，高质量的《荷风》杂志，为作家作品搭上直接的便捷的快车道，很多作者从《荷风》起步，受到有影响力的报刊关注，他们华丽转身，成为有影响力的作家。中国当代小小说文体倡导者、著名评论家杨晓敏赞誉《荷风》是"业界大刊名刊"，《小说选刊》副主编顾建平评价说："广东东莞市桥头镇有一个小小说创作基地，并且推出了以发表小小说为主的期刊《荷风》，这在中国文学界是少有的文学现象，难能可贵。"

莫树材在小小说道路上笔耕不辍，今天以八十高龄依然在坚持。他为后面的写作者树立了光辉的榜样，他为桥头小小说竖起一道坚韧的丰碑。从他油印《桥头文学》小报，到

小小说艺术

出版《桥头小小说100篇》，到《十年芳华·东莞小小说精选》，再到即将面世的《曙色成霞——桥头小小说精品选》（2008—2022），中间都有他的身影。"桥头小小说现象"受到全国知名专家学者的高度肯定和好评，桥头继惠州之后成为南方又一个小小说创作中心，在省内外占有重要的一席之地。广东省小小说学会会长申平曾在《映日荷花别样红》一文中评价说："现在整个东莞市的小小说创作，呈现出一种群雄并起的良好态势，这在很大程度上得益于桥头的带动和引领。以桥头为标志的东莞小小说，目前已经辐射全省，辐射全国，成为广东省小小说的'三大板块'之一。"

桥头小小说，十五年意气风发，不断前行，硕果累累。为系统总结十五年的优秀成果，描绘下一个十五年的宏伟蓝图，莫树材和基地的执行者刘帆意识到，桥头小小说人绝不能满足于现状。今年6月，莫树材又积极奔走，与全国知名企业——广东三正集团有限公司携手合作，三正集团董事长莫浩棠先生资助八万元支持举办"三正杯"首届桥头小小说精品奖评选活动。评选刚性要求申报作品必须是2008—2022年间被《小说选刊》《小小说选刊》《微型小说选刊》三大名刊转载的小小说精品，入书作者必须是桥头籍或在桥头工作、生活的桥头作协会员。经过广泛征集和严格评选，从91篇申报作品中遴选出66篇获奖作品，并在此基础上，本着优中选优、精益求精的原则，最终遴选出12位作家的40篇作品汇编而成《曙色成霞——桥头小小说精品选》（2008—

2022）。作为阶段性、总结性的小小说精选本，它的出版意义十分重大，一是为社会提供了一份集大成的桥头小小说经典写作样本；二是有路标醒目作用，是学习型参考资料，对未来的小小说创作将产生深远影响。

可以肯定地说，这是一部高质量的小小说精华选本，是桥头小小说的又一次集中展示，它不仅仅是桥头小小说发展壮大的缩影，也是东莞小小说发展史上的里程碑，放在全国视野，也是一部经典著作。因此，我认为，《曙色成霞——桥头小小说精品选》（2008—2022）填补了我国小小说选编的空白，是一部弥足珍贵的小小说教材式的精品图书。

在《桥头小小说精品选》即将出版之际，衷心祝愿莞邑大地的文学劲旅——"桥头小小说"继续乘风破浪，进一步发扬光大，为东莞、为广东、为大湾区和全国小小说再铸辉煌，为小小说繁荣发展做出更大贡献。

是为序。

2022 年 7 月于桥头

小小说艺术

充满温暖和悲情的乡村事
——读侯平章的小说《春红》

　　侯平章的小说《春红》，发表在《青年文学》2008年第10期下半月。这部用乡村口语写成的作品，给我的感觉就像是在写自己过去生活里的人和事，所以第一感觉就是情感真切、场景自然、语言朴实，于无声处回味那年月那故事那人物，点点滴滴，系满心海，波澜翻滚，感慨油然而生。

　　侯平章同志生于四川，小说笔下的我与春红，就生活演绎在四川特定的地域上。我手写吾口，小说环境和人物，其场景的真实性和人物的温情性，不容置疑。一个能够把地域意识表现得很强烈的作家，他的心，其实是永远生活在他的原乡的。沈从文之所以成为沈从文，湘西的秀美山川河流，无疑是他心灵上的名片，就是生活在都市里，也是可以示人的。所以从这个意义上来讲，侯平章的浓浓乡土情结，给我们还原了农村20世纪70年代中后期到今天的生活，故情感上多了一份亲切，理解上可以找到共鸣。小说的语言，很多是四川的原汁原味的方言，比如"人情"实则是"礼物"，"活路"实则是"劳动任务"，"媒人"实则是"介绍人"等等，地域性和农村烙印，在小说里随处可见。又比如喝寡酒、喝闷酒、喝淡酒，那种农村人的自我找乐子的流金生活画面，只要是对农村略有了解，想必一定是印象深刻的。因为他们的随意性和不讲究性，注定农村人的生活，完完全全地有别于城市人。当然，小说中有关农村人的恬淡、纯朴和自然的描述，以及农村人的争斗和他们常用的解决方式，都在小说中自始至终穿插，使我们能够得以较为全面地了解四川农村那个时期的风貌和人情。

其次，春红这个人，在小说里，始终没有什么大的惊天动地的壮举或轰轰烈烈的悲情，展示给读者，这是由他的卑微或渺小决定的，但是这并不能说春红这个人就没有可读性，相反，作者写他的平淡，更多地着墨于他的精神世界的朴素和生活方式上的单纯，间接地反映了主人公物质生活的极度贫乏，批判了农村生活环境的艰苦性，同时，也表达了希冀改变农村落后面貌的主张，这是作者人文情怀的温情流露。

春红生活的时代，正是改革开放初期到而今的时代。他的生存和生活方式，在世俗的眼光里，实在是特别"农村"的。之所以这样说，是因为，对照今天许多人的城市化的日子，春红的童年、少年以及青年生活，人生经历委实不轻松，他的生活套路和模式，永远跳不出千百年农村

小小说艺术

贫困落后的现状，与其说他在自我的奋斗中失去非自我的方向，不如说他的日子实在是清苦又清苦的，用太清苦可能更加贴切一些。没有经历那个年代，自然无法想象贫穷的现状和精神的向往是如何交织地困惑着人们，今天谈论它，实际的写照就是重现生我养我的地方的苦难和快乐的历史。作者把它写出来，既是他自己心灵的一次释放，也是生活场景的历史再现。清贫，也是母亲；苦涩，也是友情。四川农村改革开放早期中期的人和事，在《春红》里，得以用文学的笔触描摹和刻写，用小说的力量擦亮广大读者的生活天空。

春红的命运的改变，是从辍学开始的。因此，他的生存过程注定了不能像作者一样读更多的书，去做公家的人拿公家的薪资养家糊口，所以，他的艰难和现实的困惑，无法让他活得舒坦。作者开篇就写春红求人（作者）的情景，"那天，娘在电话里对我说，春红回来了，还拿了人情（礼物）来看我"，这种开场白，老实说，作为读者，一开始就觉得非常辛酸。春红生活的不容易和对现实的无奈，自始至终贯穿全文，与其说我们在读一篇小说，不如说我们在读农村的画卷。主人公的艰辛，文中随处可见，在"学生时代的春红"里，"春红家在春天缺的还是劳动力。晃过了这一春，就没有秋。春红在他娘的带领下，到田里去学打牛屁股。"今天的孩子，肯定是无法想象一个小学生，要下田劳作，风里来雨里去以及炎炎烈日的煎熬，劳动的日子是何等的艰难！穷人的孩子早当家，许多人都这样说，但真正具体到某某人，恐怕不是那么容易理解的，因为家境的好坏直接影响到现实生活中的人，命运的改变也由此产生。小说中虽然也穿插有儿时、少年时和青年时的友情和欢乐，但那是一种表象，它只能作为点缀，在文中闪烁。因为真情、友情不能掩盖贫穷下衍生的困惑和渴望，相反，它只能是抒发作者内心的沉重，亦隐含有同样的困惑和希冀。因为，春红的命运，不只是他一个人，还有千百万像他一样日子艰涩困苦的人们，他们的未来，同样值得深深关注。

小说用大量的篇幅写春红的婚约，故事情节完整有致。我们知道，婚姻在人生中始终扮演着十分重要的地位。主人公春红的婚姻，实在看不出花前月下的柔情浪漫，更没有山盟海誓的爱情宣言。一切归于自然，合乎乡村的俗套约定。春红最先的想法和目标，并不是春莲，但是源于一种感动和缘分，他们很自然地结合在一起。"站在一旁的春莲却做出了大胆的动作，她用镰刀尖狠狠钻向牛的眼。牛受到猛烈的打击，暂时停止了对春红的攻击。春红躲过了这灾难性的一劫，春红对春莲，有了好感。"这种只有在山野乡村才会发生的爱情萌动，既自然也真实，表白的不是语言，而是行动。春莲的壮举，如果不能感动春红，那么春红何以作为人活在天地之间？在乡下，这样的女人，注定是生活中的好帮手。的确，春莲的能力是可以让春红放心的，这样的女人或许正是他要寻找的。"春红能干的，我春莲也能干好。""在

小小说艺术

春红出去做牛生意的第四天回来时,春莲已经把牛教会了(犁田)",这样的劳动妇女在值得人们赞誉的同时,也为春红的四处贩牛生意过程中,找到了一个好帮手而由衷高兴。农村女人起码要承担的责任:即生育、家务、口外劳动。小说写春莲学习用牛犁田耕作,其场景和精神让人叹服,也是对中国传统的男耕女织生活的一种礼赞,表明妇女的作用能顶半个天,小说间接歌颂了妇女的伟大,这也是小说的独到之处。

读书、生产劳动、赚钱、结婚生子,然后再希望、再打拼、再培育后代,这种生生不息的周而复始的人生,虽然相同,但是因为地域贫富的差异,各自演绎的版本,实在是截然不同。有的人富足,光彩一生;有的人清苦,黯然一世。个中滋味,何其不同!春红就是后者的代表。春红的无奈、春红的抗争、春红的孤影都是生活中小人物的悲苦,哪怕间或有一些快乐,却是时下今天许多人富足时不足为道的谈资。这一点,作为读者,特别是生活在商业经济圈里的人们,感触恐怕尤其强烈。小说用"学生时代的春红""春红的婚约""春红的愿望和希望"三个篇幅场景式地描写春红这位农村有代表性的人物是如何从读小学到中学辍学,然后学习贩牛,做牛生意,后来又学做阴阳和端公,之后种烟,最后无奈到外面搞建筑打工,时间从20世纪70年代中后期写到今天,贫穷使春红从一个纯朴的孩子无奈地变成一个社会底层的农民。他的苦涩辛酸,他的孤身奋斗,他的无奈迷茫,可以昭示现在的政府和人们,农村的发展和未来在国家的长治久安中是如何的重要,也是如何的迫切。小说结尾写了这么一句话"娘还对我说,春红在走的时候还流着眼泪",我们可以想象春红这个人,在为自己因为贫穷而外出打工,以至没有教育好自己的孩子时,心情是如何的沉重!特别是在情与法面前,对孩子的担心,体现了父亲般的温情,但面对现实,他所表现的无力、无助和无奈,实在让人心酸。一个农村小人物的命运,给我们留下的思索是什么?全社会面对几千年来的农村、农业和农民问题,首先需要解决的是什么?作者的写作考量,其意义或许就在此处。

可以想象作者构思写作这部小说时,心境是如何充满回忆和感慨。从农村中来到都市,距离的远近,时空的变迁,似乎没有冲淡有关农村的人和事的记忆,字里行间,反而更加增添了小说家浓浓的故土情怀。小说通篇用叙事平铺的手法,以给人讲故事的办法,不声不响地将过去的友情、幼稚和快乐娓娓道来,其真实性和可读性,自然让人信服。小说用语言的朴实,来处理人物内心的活动,自觉不自觉中把人们的注意力转移到关注农村小人物的命运上来,从这一点上来讲,侯平章的《春红》给了我们一种现实的战栗。

小说还用了一个很隐蔽的字"枪",它的存在和出现给春红一家的命运带来了转折,但那是为什么呢?情与法,人

小小说艺术

们有理由去寻找一种答案,那就是农村的苦涩、无奈、落后现状和追求幸福的行动、心愿带给他们的矛盾和责任,它拷问人们:像"大豆"一样留守的孩子们如得不到社会和家庭的关爱,那么留给世人的,岂止是一个春红的迷茫?

2008 年 12 月于东莞

打开想象的翅膀

——兼谈姜帆小小说作品

小小说作为具备独立品质和尊严的一种文学样式,已经走过了三十余年,对于小小说,我们基于头脑清醒和自觉的姿态,认真审视每一部经过艰难酝酿而成的作品,可以看出一个共同的特征,好作品都是具有想象空间的。但作为基础而言,我们还是首先要做这样的事情,那就是推介,其次是规范,再次是雕琢,然后是回放,最后是品鉴。

桥头小小说现象和小小说创作群落,一方面对葆有激情的作者,我们应该扶持、褒扬,另一方面又要探讨与深究其得失。艺术之路,本身艰难曲折,对于非专业、本身就是业余创作的基地成员,生活、工作与学习的每一步,都是带有生活体征的、有温度的,其作品,脚踏桥头的泥土,呼吸桥头的空气,感染桥头的人文,想象与体验并存,具有主观的能动性和客观的规律性,小小说与人的"度"把握得相当好。

小小说艺术

　　桥头小小说的繁荣，离不开每一个人的热情参与和积极创作。感到欣慰的是，姜帆终于再次交出了一份好答卷，以一个新星的姿态，展示了自信与成熟，而对于我，则更多的是如何取舍与发现。虽然可能挂一漏万，但终究还是分享一些发现与存证如下。

　　姜帆是河南人，来自中原的他，认真、热忱。世界上唯有"认真"二字最让人觉得可贵，唯有"热忱"二字葆有能量。文学需要这样的品质和参与。姜帆是个商人，但基地的每一次文学活动都积极参与，除了热忱外，还有就是认真。职业决定他熟悉企业的兴衰浮沉史和市井的飞短流长故事，在这里面摸爬滚打的他，并不安静于简单的上下班和与客户周旋，或许在某一个间隙，他打开想象的翅膀，梳理过滤尘世的日常生活，提炼故事里的"核"，讲述一个个视角里的人物悲欢，在短小精粹的文体中，提出了自己试图圆说的背后故事，通过《浮华尽处》《还真是个事儿》《捉神记》三篇文章，可以看出作者的写作态度：在尘嚣中打开了想象的翅膀。

　　之前他写过《神卦李半仙》，作品显得比较成熟，李半仙给人算卦声誉不错，而结局却出人意料之外，将一个江湖人物刻画得活灵活现。《浮华尽处》写了三个短小片段画面：女人、娱乐、收养。文章有这样一段章节："妈妈虽然长相秀美，光彩耀人，却也未能逃脱'做女人难'的宿命，妈妈的苦，只有我和哥哥最能理解，因此，妈妈常说，自己一小半的爱留给了事业,一多半的爱留给了我们。为了报答妈妈的爱,我和哥哥都尽量变得乖巧听话,每天逗妈妈开心,让她绽露最真实的笑容。"一个幸福生活的三口之家,谁能想象妈妈作为女人的艰难?在太阳镜下,掩饰是维系亲情与爱的良药,连"我和哥哥"这样的小孩都知道通过"乖巧听话"来掩饰内心的不安,借以"逗妈妈开心,让她绽露最真实的笑容",这样的生活场景,在现实中比比皆是,谁会质疑他的描摹呢?但妈妈毕竟是笼中的"雀",为了光鲜亮丽,周旋在"一群伪君子"之间,"妈妈一边骂着,一边走进卧室,从一个上了锁的抽屉里,取出一些她与不同男人的合影,一张张地剪开,再把剪掉的男人一个个用手撕碎",简短的句子,却已传递出女人娱乐生活的辛酸质感。"哥哥"意外离世,妈妈给哥哥买墓地立碑却遭到别有用心的"污蔑",伪君子们躲得远远的,人心的悲凉和妈妈内心的良善温度,在矛盾中交织,长期的心灵折磨,最终演变成悲剧"跳楼自杀"和"我又过起了流浪生活"。掩卷长思,人物的悲情,世俗的险恶,通过作者"人、狗、收养"巧妙的设计,妈妈的形象既善良又沉迷于浮华,直到"哥哥"被肯尼叔叔的车轮碾压死亡才悲从中来,透过现象看本质,人性的本质是善良,奢华只是生活的表象,小小说的猎奇与意外,在想象的笔下,作者传达了丰富的情感,怜悯的态度,愤怒的表白。

如果说《浮华尽处》表现了空间想象的写作,那么《还

小小说艺术

真是个事儿》《捉神记》两篇则具有民间性、平民性和本土性兼有的现实与虚幻的印记。《还真是个事儿》可以说是一种社会的普遍现象，官道与商道有一种天然的官商对对碰关系。文中的老板钱总对于企业安全隐患漠然处之从而导致严重后果：人财两失、违法犯罪。这样的企业，一方面，经营上的困境让类似钱总这样的业主总想从背后花钱摆平一些不合理的企业硬件设施问题，从而隐性地批评现实中权钱交易罔顾法律的种种丑恶社会现象；另一方面，作为还原社会问题，作者不回避矛盾，用小说调侃的语言，再现生活的一幕幕荒诞剧，在矛盾冲突中，给人们留下的是应该总结的经验教训，不要侥幸和铤而走险，遵章守规、合法经营才是现实王道。该文中有两个关键人物，一个是熊总，其人老是"不过别担心，我找人打点一下，这都不是个事儿"，被他拖下水的官员，都被他的"糖衣炮弹"击垮，另一个是钱总，此人老于世故，幻想靠打点来回避安全隐患，不思整改，落后的经营之道，跟时代"产业升级"背道而驰，从而揭示现实生活中的种种矛盾，作者通过故事的演绎，提出了教训与警醒，从而提出了文章的初衷是希望"正规、合法经营"。

《捉神记》写了一些不懂科学的乡下老太爱迷信被我破坏驱走"神蝶"致使"鬼神通"们无可奈何，后慢慢变得不再迷信。这样的事例不是很新鲜，但却是处处存在。有时候，人们的一些唯心思维占领着头脑，对一些非解答性的现象出于内心的盲从而变得无知、可笑，这也是文中"我"得以"她们便'文曲星'般的敬我,拿我做她们儿女的榜样"的根源所在。作品聚焦在大众文化和通俗文化的格局中,用"蝴蝶"作为标本载体,笔法充满离奇想象,悄然引出一曲"捉神"的趣谈。小小说通过细节把控,驱动着情节徐徐发展,文中有这样一段话:"那附在门楣上的蝴蝶,确实较一般的蝴蝶大,且蝶翅上还有两块彩色斑点儿,在下边香雾环绕下,显得美丽而神奇,这也难怪引起这么多人的注目。"因为"蝴蝶"的美丽神奇,让人们无由地联想到"七仙女下凡",在乡下,对很多无法科学解答的问题产生自然的臆测及膜拜,发生不可思议的事情,这正是愚昧与科学守恒的矛盾所在,但最终所谓的"神"是可以捉走的,社会转型时期,现代农村或从农村转变为市民的人,在事实面前,从而清除了人们心中唯心的藩篱,解除了内心的困惑。

当然,以精粹的标准而言,三篇作品还存在一些技术性的问题。比如情节布局有待完善。《浮华尽处》原文"看着妈妈憔悴的面容,我真想把这些坏人痛揍一顿"这一句引起的一段话,平铺直叙,没有波澜,把"妈妈的痛"作为本该更精彩更曲折的看点,变成简单描述,导致情节发展的趣味性和精彩性受阻,设计上留下不成熟的遗憾。此外,故事需要转化,寻求新颖性。《还真是个事儿》《捉神记》,包括《神卦李半仙》《阁门儿》,取材相对简单,神卦、迷信之类的题材,无超拔、空灵之感,导致故事延伸的广度和宽度有限,而好作品永远是与良好的取材相匹配的,视觉受限,必

小小说艺术

然影响题材的可读性和社会的辐射力，因而离有高度的作品的距离就远。再次，语言还需精炼。比如《捉神记》原文第一句"一些不懂科学的乡下老太，就是爱迷信"这样的开场白，直接降低了故事的"抖包袱"，平淡无奇，须知曲折耐读，当是小说情节独特构思的必要之所在。

我愿意相信，这样一个创作现象，姜帆在小小说方面已经打开了想象的翅膀，如何让翅膀飞得更轻盈，让文章更空灵，思想更具广度和深度，是摆在他面前的选择，而我始终认为，打开想象的翅膀，认真探索细磨，这个目标并不远。

2018 年 2 月 6 日

小说有痴　其文自妙

——曾巨桃小小说印象

《荷风》对本土作者积极扶持，选优拔萃，针对东莞小小说创作者，先是设立"莞邑新星"栏目，一批东莞本土型作者崭露头角。而后，栏目升级，推出"莞邑双子星"，力推一些较有成就的重点作者，两年来，成效令人欣喜。

本期"莞邑双子星"，曾巨桃在推介之列。她长期扎根企业，工作辛苦，还要照顾家庭，内外压力，仍不忘初心，痴迷小小说创作。她积极进取，不断学习，曾参加了第15届全国小小说高研班，有作品在省市多个刊物发表。她多次参加《荷风》改稿会和基地其他文学活动，并在一些赛事上有不俗的表现。通过学习和历练，其进步是显而易见的。她的创作之路清晰可辨，其写作态度是认真的，其追求是痴迷的，其作品也是有一定妙处的。

以前，她的《火柴盒》小处着墨，呈现"大"的张力；《你是仙女吗》写得轻松、活泼，读来令人心旷神怡。

小小说艺术

本期，她的《飞翔的牛肉》《买药的张妈》《良心开锁》，都是生活中小故事小片段小人物的深层次加工，每个作品的描述视角不同，给生活提供了不一样的认识，体现了作者企图在小小说创作路上用文字"打通"民间与现实立体融合的想法。

《飞翔的牛肉》，从"飞翔"二字，可以看出作者为自己找到一个好题材后，内心激动，高兴情绪漫溢字里行间，全文可谓一气呵成。说文章是用"气"呵成，倒也实在。说明作者对生活的把控、体悟有了深加工。然而，自古娇宠多败儿，穷人家的孩子早当家。作者以此设计了一个懂得"早当家"的孩子形象。他聪明，大声点餐，小声结账，一素面一牛肉面，为故事推动埋下伏笔。父亲眼瞎身残，生活艰辛，但不影响他深爱自己的儿子，他把牛肉夹给孩子，而孩子却很懂事，懂得谦让。一幅父慈子孝的画卷生动出现在读者面前。

典型细节描述，可使人物生动立体丰满。牛肉店的老板看到孩子一片牛肉也没有吃，就悄悄地送他一碟，但他仍然是夹给父亲吃，然后把剩下的装起来藏在书包里。正当"我"对他的这一"狡猾"行为内心鄙夷时，故事戏剧陡转，"我"看到了碟子下面压着钱，原来，孩子悄悄地给那盘免费的牛肉买单了。由是，我内疚，相信这样的孩子以后一定能成材。整体来看，题材不错，对瞎子动作细节描写到位，孩子的言行也合情理。

作品用半点破方式来翻转、渲染故事结局，艺术效果也往往收到奇异的效果。《良心开锁》，源于专业开锁的广告，开锁的人来开门，只用一根铁丝三下两下就把门打开了，而门锁不会坏，钥匙照常可以开门关门。这样的"技术"小偷最想学，问题是学会后财物唾手可得，老百姓的财产哪有安全可言？作品设计一个叫良鑫的开锁师傅，"良鑫"显然是谐音"良心"。良鑫有个底线：绝活不教心术不正的人。第一个上门求学的虎子，他拒绝了，结果是他的车子被弄坏了。遇到种种报复情况，还要不要仍然坚守良心呢？第二个上门求学的人是立强。作品安排了一个伏笔，留下悬念。良鑫有没有教他，过程并未明说，待到谜底揭开，良鑫师傅竟然是：以一年为条件，要立强去工程队学水电安装。立强顿悟，走上靠双手劳动的致富之路，悟出了"良心开锁"的道理。故事戏剧反转，结局妙处在于将简单的做人道理教给了立强，也会给广大社会青年带来一定的启示。文章语言比较符合人物的个性，人物刻画较为饱满，故事始终传递一种正能量，不过，从技术层面来看，"良心开锁"结语直白，仍有开掘上升空间。

《买药的张妈》，写了一个社会底层劳动妇女张妈买药的故事。当今社会物质丰富，然后，世间万象，纷繁复杂，仍有一些人的生活过得艰难苦逼。社会分化，张妈在穷苦百姓之列，不是张妈懒惰致贫，相反，她善良、勤劳，只因种种变故，逐渐沦为赤贫。但张妈是有温度的，宁愿自己受苦受

小小说艺术

累，依然母爱浮泛，她自己生病很严重，却拿了低保的钱到药店给女儿给外孙买药。母爱的光辉笼罩在佝偻多病的张妈身上。作品用了第一人称进行讲述，"我"是一个药店老板，与张妈的生活有交集。老板本应以利为重，但"我"对她充满了同情，在精神上安慰她（外孙长大了还可享福呢）、在经济上帮助她（送她衣物与可卖钱的废品）、在身体上关心她（劝她去医院检查，并谎称有关爱老人健康的优惠活动，告诉她生津操），可她人穷志不穷，知恩图报，比如送泥鳅，比如有钱就到药店来买药，对"我"的生意关照。张妈完完全全是一个社会最底层的劳动妇女，她的形象接地气，作品关爱底层人们生活，体现了作者应有的写作态度。不过，作品中的"我"有局限性，帮助张妈一类的人关节上仍有回旋上升通道，好在小制作发出了心里的遥想：冬天来了，春天还远吗？

张妈的多灾多难与生活苦难让人油然而生恻隐之心，但是它的局限性是显而易见的，就是思想升华和矛盾冲突还有待巧妙设计，作品最终需要的是给人眼前一亮。

曾巨桃在写作上的不足，是对题材的处理还有些杂乱，立意不高。不过，好在她的写作态度认真，加上痴迷揣摩学习，完全有进一步提升的写作空间，希望她的小小说的无限风光，未来不断呈现。对此，我们充满期待。

2019 年 12 月 5 日

每一次花开都看到小小说的明天

以桥头为引领的东莞小小说,正在让许多小小说人的生活变得更有意义。虽然在很多人看来都是一些片段式或碎片化的短小文章,但是不得不说,这是现实生活的一道道风景。

著名老作家莫树材曾多次说过"桥头小小说创作队伍有三个特点:一是本地户籍作者多;二是女作者多;三是每年都有2~3名新作者涌现,成为小小说新星",回顾十多年风雨历程,小小说之路,的确如此。

尤其是后面两个特点,形象凸显基地的人才结构和培养模式,既独特又让人心驰神往。女作家群落在东莞小小说界,不单是"铁粉",而且是一支"生力军",张俏明、叶瑞芬、赖燕芳、莫凤珍、莫小琼、田青青、曾巨桃、冯巧等众多靓丽身影,她们在如花的年龄上,将时光化为油盐酱醋生活交响曲后的彩虹之恋,给桥头小小说镀上柔性文化色彩,

小小说艺术

是一道独特光环,形成了桥头小小说女作家现象。

她们的每一篇文章,都是一次花开,无论是蓓蕾芳姿,还是娇艳欲滴,都可以看到桥头小小说无限美好的明天,她们是明日之星,为桥头小小说特色文化品牌、为《荷风》奉献了不一样的精彩。

本期关注周丽君和王成丽两位新作者。她们从"广东美塑杯"东莞市小小说创作大赛开始崭露头角,虽然还没有展示足够超强的力量,但是正如俗话说得好,"千里之行,始于足下",《荷风》以一个守望者的耐心和开拓者的发掘,不遗余力培植新人,为基地输送新鲜血液,出精品,出人才,是我们始终不渝的目标。"好风凭借力,送君上青云",让小小说写作者从这里起步,助力他们日益迈步全省乃至全国,这项基础性的孵化工作,《荷风》始终在坚持。

东莞市第十二届小小说创作大赛,周丽君的《便利贴》获得三等奖,王成丽的《信念》获得优秀奖。王成丽还在全国性的比赛中获得一些奖项,比如,她的《一直在你身边》获得2019年度首届《今古传奇》闪小说大赛"最佳故事奖"。两位女作者初登我市小小说大赛便显示一定的实力,让人有眼前一亮之感。

周丽君的《便利贴》和《回家的脚步》,王成丽的《信念》和《幸福来敲门》,两组小小说,虽然写作手法略有不同,艺术特色各有千秋,但二人的女性写作特征鲜明,叙事风格省简之余,内心温暖,故事真情流露,淡墨讲述下,生活和人物的样貌，在情感上呈现各具生活底色的原味，女性的良善与柔性，在作品中得到释放。

《便利贴》和《回家的脚步》，前一篇构思独特，讲述一对青年夫妻，异地打拼，因为工作上下班时间不同，彼此关爱，用微小的"便利贴"字条联结彼此的情愫与温情，浓浓爱意与关心体贴彰显人性深处的善良，写出了婚姻的美丽。小说的陡转在于新冠肺炎疫情来临，丈夫驰援武汉，一番牵肠挂肚后，妻子得知丈夫即将撤离武汉凯旋，惊喜过后马上想到要补偿丈夫，结尾一张新的便利贴纸条，将希望团圆的心情表露无遗，但纸条内容是什么，细节虽然留白，但读者想到的一定是女性的细腻与温馨。后一篇《回家的脚步》，写一个盲人王亮，他来自贵州一个偏远的小镇，小时候得病失明，但他不屈服于命运，坚强学习，后自强自立外出到广东打工，用学会的技术劳动挣钱养活自己和家人，劳动中他以自己的善良和服务得到客人的尊重和赏识，这样一个卑微的人物，内心经常波涛翻滚，三年异地打工没有归家，对年的滋味的憧憬和希望给孩子惊喜，"回"与"不回"，矛盾纠结下，文章写出了回家的脚步的辛酸与动力。

《信念》和《幸福来敲门》这两篇作品，反映作者内心的向度，即对于生活的意念和对于未来的热望。小说的质朴与纯粹，在具有时代性特质的叙事中，聚焦人性的不同视角，讲述两个家庭的生活故事，力图刻写人性的力量和幸福生活的意象。《信念》讲述母亲思念英年早逝的儿子，没想

小小说艺术

到女儿十七年后继续哥哥的选择，前往支援，父母最终支持女儿的决定，结尾充满想象，用火红的木棉怒放来象征凯旋的勇士给人民生活带来的幸福美好，寄托着作者的理想。《幸福来敲门》用第三人称的方式讲述一个喜结良缘的故事，作品在漫不经心的叙述中，两个年轻人相识相恋，苦难生活下的生活亮色得到呈现，人物形象生动，画面感十足。作品中男主人公在广东打工但是因为家里条件差且家境穷一直没有找到合适的女友，而美霞因为身残志坚靠卖糍粑维生，她的劳动和朴实赢得了男主人公的关注与好感，小说中"别人卖东西都是希望卖得越多越好"，而美霞实在，对买多的男主人公劝说少买，朴素的对白，两颗心灵越来越近，戏剧性的结合既在意料之外，又在情理之中，趣味故事下，两个年轻人善良而心地美好的灵魂，是喜剧结局的真正原因。作品弘扬小小说真善美的本真，对生活有一定的正面引导作用。

  两组作品，从生活的原点出发，小处着笔，触摸人生的驿动，体悟生活的质感，展露漂泊者的画卷，进而反映人性的温情和幸福的热望，特别是温情讲述，女性视角下，我们似乎听到了花开的声音，小小说的明天，有了金色的希冀之光。

2020 年 8 月 11 日

泥土的歌者　情感的笔记
——朱方方小小说印象

朱方方是东莞市小小说创作基地的会员，在市小小说创作大赛中多次获奖，其中"美塑杯"第十一届东莞市小小说创作大赛，更是以《吴奶奶的秘密》一文摘取一等奖桂冠，显示在基地不断培训之后，已成为一名比较成熟的小小说创作者。

从他涉猎的作品来看，他关注普通人物的情感、人生、命运，作为一位外省至粤的外来工作者，每天上演的故事，总有故土与当下生活的影子。无论真善美还是假恶丑，情感深处的矛盾交织与对抗，给写作者提供了生活具象。小小说写作者出于对故事发生的敏感性、时代性和多元性，普遍保持了生活原汁原味的质朴和有意味的讲述，形象生动化的笔墨，不但艺术地记录生活，更重要的是要感化当代，引起共鸣。尽管写作者所处的地理方位和社会阶层不尽相同，视角迥异，艺术手段千差万别，但是表达的主观希望和客观呈现的样貌，是始终与时代、与人民共呼吸的。

朱方方这几篇作品，有以下几个特点：

一是讲究标题艺术，希望先声夺人。这是小小说写作者的好事，所谓"提纲挈领"，标题隐藏的密码和将要展开的能量，无疑从这里发端。获奖作品《吴奶奶的秘密》从标题来看，显然起到吸人眼球的作用。《父亲的庄稼地》和《赴死》，这两个作品，强调作用是明显的，将文章将要讲述的重心进行了宣示，为文章的精彩奠定了叙事的视角。无论是吴奶奶，还是父亲、老倔，这些人物都是生活中的普通人物，他们生活的天地，与社会的最深处始终血脉相连，以他们作为叙事对象，在情感上描摹熟悉的风物，宣泄人生的苦乐酸甜，除了可以动人心弦，容易引起共鸣外，还预示着作者的态度与民众的距离贴近，这样的写作总是有意义的。

二是故土情结鲜明，描摹对象清晰。作品有什么样的灵魂，与作者的生活阅历和情感注脚分不开。《父亲的庄稼地》，起笔用我打电话回去，父亲在庄稼地里忙着给小麦打药治虫，父亲在电话那头对麦稞子的丰收年景喜悦在望，理想的色彩浮现，老父亲面对土地和庄稼，劳动大半辈子，不但庄稼菜园侍弄得好，还保持庄稼人的本色反对浪费粮食，一个真正的好父亲跃然纸上，喜剧形象令人印象深刻。而《赴死》则不同，虽然写的也是农村题材，但是情感上，人物充满了沉重，反映了"留守老人""留守村庄""空巢"这样绕不开的现实话题，一定程度上也是直面现实的写照，体现了写作者心底的哀婉和伤逝，对老倔一样的老人充满了同情。文章可贵的是，不单是单纯讲述老倔的赴死的悲壮场景，中间反而是用大量篇幅讲述老倔对玉莲的关爱，时时刻刻对她挂念，想把她体体面面地送走，人性深处良善和仁爱的光泽在主人公老倔的心底浮泛并为之付出，这样的举动为老倔无疑镀上了极具鲜明的个性，反映了长久以来文明的教养根深蒂固。

三是人物性格鲜明，精神世界多元。同样都是农村题材，描写的对象也都是农民，但是各自的精神世界在对待"空巢"问题上呈现不同的人生思索。《父亲的庄稼地》中的父亲因为儿女"我"打电话嘘寒问暖，父亲的心情愉悦，生活充满了欢歌。而《赴死》中的老倔，儿女们进城，大多数时候村子是空的，这样的光景与早些年的热闹光鲜形成鲜明对比，老倔的失落，与儿女各顾各的，无暇照顾他，加上村里桂花婶的死的刺激，老倔心里的痛可想而知。作品没有明显写愤懑的悲歌，但是同老倔一样，沉重是绕不开的字眼。两篇文章一正一反的故事讲述，都是农村立体生活的剪影，任何无视农业、农村、农民问题的治理都是目光短视的。所幸，国家对三农问题高度重视，如何破解日益严重的城乡差距，依然是乡村振兴的关键。小小说是"微言大义"的艺术，作者如果承载这样的使命，对社会对人民有善意的建言，这样的作品就是比较成功的。

朱方方自学生时代即是小小说的忠实读者，2004 年《再

小小说艺术

见钟情》的征文稿件获《小小说选刊》刊登，自此便有了自己写作的想法。后又在《黄河文艺》《文艺生活》等文学杂志上发表小小说作品多篇，因多年来忙于生计，写作产出还是比较少，而文章之精炼和语言之打磨，仍有提升空间，至于主题格调之把控，不落于低处，写作心无旁骛，勇于攀登，却是可以去领略好的风光的。

东莞小小说有着非常明显而又亮丽的色彩。桥头小小说创作基地和《荷风》杂志，为力推莞邑新秀不遗余力，通过平台的持续推介，吸引并培养众多小小说后起之秀，形成千军万马的壮阔图景，以精品示众，以力量与人，是我们的愿景。希望朱方方在小小说之路上反复研习，不单一，不单调，迅速反映生活，在小水珠中映现太阳，作品一定更加富有个性，充满张力。

2021 年 1 月 28 日

枝干分明　浓淡相宜

——刘公小小说印象

在文学陕军的地理版图上，精短小说是一个闪光点，盖其原因，除了活跃着一批优秀小小说作者外，还有一本叫《精短小说》的杂志让人印象深刻。刘公是《精短小说》的主编，同时，也是一位优秀的小小说作家，他以对小小说的真挚热爱和独特眼光，编刊之余，还精心打造一年一度的"中国精短小说年选"，同时，举办一些小小说赛事，对于推动小小说文体和小小说事业的发展，贡献颇多。

刘公长期坚持小小说创作，佳作不断。他的小小说总体上短小精悍，运笔节俭，讲述枝干分明、浓淡相宜，作品充满理想色彩，富有正义感，读来常常令人深思。

笔者主编的《荷风》杂志和《桥头文学》公众号曾发过刘公的多篇小小说作品，读来是记忆犹新的。《母爱的力量》（原载《荷风》2017年夏季号）写一位男孩为了给母亲治病铤而走险绑架一个7岁的小女孩，但是小女孩趁他不注意跑

小小说艺术

下山，他在追赶途中呼叫把小女孩惊吓导致被前来追捕的警车撞飞，男孩由于害怕转而往山上逃跑，为了躲避警察他不得不爬上大树藏身，目睹老鹰抓小鸟的场景，而小鸟的母亲灰鸟误以为是他掳走了自己的孩子小鸟，对他发起一次又一次攻击，直到精疲力尽奄奄一息，男孩感动，想到绑架小女孩给她的父母带去的痛苦，悔恨交加，最后选择投案自首。这篇小小说的叙述平实，现实感强烈，对比中感受母爱的力量，彰显人性的光泽，结尾具理想色彩，教育意味不言而喻。

《桥头文学》公众号"一人一篇小小说"推介了刘公的代表作之一《你就叫他爸爸》，这篇作品原载《山东文学》2015年第10期，《小小说选刊》2015年第22期、《微型小说选刊》2015年第24期相继转载。这是一篇传播颇广的小小说，作品围绕"称呼"写了一家三口之间发生的感人故事，一对有爱心的夫妇、一个懂事的孩子，他们生活在一起，场景对话看似不经意，实则潜藏着人性的暖流和善良的大爱，"你舅舅那么爱你，你就叫他'爸爸'吧"，语言没有特意煽情，只是自然流淌，却让读者动容。作品构思精巧，情感丰厚，意蕴绵长，不徐不疾的讲述将人物内心透析，亲情和人性的力量融合，让文章感人至深，个中况味交集，发人深思。

刘公最近写了一篇小小说作品叫《会跳舞的鸡蛋》（载《小说月刊》2020年第12期），这是一篇情感饱满的小说，凸显传统文化根深蒂固的主人公强烈的家国情怀。朱夫子喜得双胞胎,却让先出生的孩子管后出生的孩子叫"弟弟","弟弟"年龄越大越不服,后离家出走,多年后却血洒淞沪会战疆场为国捐躯,老夫子却觉得没有辱没门庭,不久又将"哥哥"送去八路军参军抗日,而自己也没闲着,开办义学,培养后生,并说"只要是家里有人扛枪打鬼子的,都可以来",义学办出声誉,学生越来越多,家里积蓄花光,不得不卖田助学,不期所得善款却遭无赖窥视行窃,被朱夫子发觉,盛怒之下将歹徒暴打以示惩戒。作品人物栩栩如生,大义风骨,跃然纸上。小说语言富有特色,讲述引经据典,增加了故事的趣味和底蕴,使文章的个人故事与家国故事融合,既有历史的质感,又有现实的冲击力,很好地诠释了小小说"微言大义"的特质。

刘公是全国小小说学会联盟副主席、陕西省精短小说研究会会长和陕西文学院签约作家。他的作品曾入选第五届、六届鲁迅文学奖,并有作品翻译到国外,最近欣闻美国给他出一本书,敬贺之余,我真诚地希望他的小小说创作能够走得更远。

2021 年 3 月 5 日

小小说艺术

尘世漂泊里的情感归来与塑造
——评谢松良的三篇小小说新作

东莞小小说年年有新的书写来为这座"海纳百川，厚德务实"的城市讲述漂泊者的画卷，很多人用"此心安处即吾乡"这几个字来形容"南迁"者参与建设和见证这座城市变化的心理情感注脚。

来自湖南的谢松良，在东莞工作生活了十多年，他的作品在《小说选刊》《时代文学》《小小说月刊》《微型小说选刊》《小小说选刊》等报刊发表，他的小小说与他的短篇小说创作一样，创作声息始终保持着本真情感、底层经验和现实书写，作品多半关注城乡之间或都市底层情感的变化，以自己的方式向社会传递着真善美、鞭挞假恶丑，表达不诉诸激烈的矛盾冲突，写作维度以一种经验化的、程式化的结构来演绎当下社会人物生活与情感诉求，"爱情""距离""迷途""漂泊""转折"等字眼在构建故事本身的同时，也对生活万花筒式的漂泊者情感进行发掘，因为叙事视角和漂泊重构的原因，其小小说的聚焦写作所具有的标识性，是显而易见的，也就是尘世漂泊里的情感归来与塑造。

《念念之远》《拯救》《幸福的钥匙》视为一组，是因为其表性特征，主要是由"尘世漂泊"这样的字眼来串联起每一个独立成篇的小小说。小说给读者展示的讲述材料、故事结构和人物共性，实际上，作者的构思，无论怎样腾挪，其情节不外乎移动、重组，体现着小小说平民艺术特质，主题的大众读者意识和通俗易懂的文风，在现实中有着墙的初始维度和房子的远观格局。

凡是能站在别人的角度为他人着想，这样的写作就是一种慈悲的表现。在漂泊中呼唤情感归来，在社会挣扎中重塑人性光泽，小小说赖以生存的要素和应有的道义，以梦境开篇，到梦醒立足，人性的立体呈现，与社会、时代始终勾连。与主题密切相关的故事情节，将读者带入当代，当人们用审视、对比的眼光打量的时候，小小说的"小"，魅力肯定是不容忽视的。

《念念之远》的意味，在于"念念"这个单纯的姑娘，得到"金小味"的帮助后对他产生爱恋之情，然而就在"念念"做出疯狂之举的时候，金小味的女友桔子出现了，在念念希望金小味抉择的时候，金小味却沉默不语，火焰熄灭，念念最终伤心离去。

故事潮起，女友大老远来看金小味，面对追问，金小味回答言不由衷，桔子起了怀疑，好在桔子良善，要求金小味

小小说艺术

把厂牌去还给念念，然而，念念辞工不知所踪，留下悬念，最后桔子和金小味的爱情是否和好如初？念念的结果如何？作品不做深度交代，以"恍惚中，她离金小味那么近又那么远"结尾，余音未尽。

无论金小味，还是桔子和念念，都是红尘漂泊中的小人物，每个人都有对于爱情的向往和情感维系。不是特别复杂的故事，但是中间还是穿插着波澜和矛盾冲突，三个人没有花好月圆，这也是生活的本质，多少有情人难成眷属，人生的无奈在漂泊的路途上时时刻刻发生。生活立体具象呈现，体现着作者情感深处与社会的脉搏跳动的征象。

《拯救》有一种魔幻理想主义的味道。李利伟生意失败，到处被人追债，仓皇中进入一栋旧楼，经过旧楼老人的帮助，结果起死回生，李利伟再次成功后，将旧楼进行升级改造，变成一家小旅馆，免费收留那些需要帮助的人。小说叙事的转折体现了人性的觉悟与价值，社会矛盾和冲突无时不在，"适合疗伤"的地方，是一种理想的乌托邦所在，但这并不妨碍作者心灵的表达。小小说最终是要有所承载的，因而，《拯救》的寓意和它的社会意义，也就不难理解了。

《幸福的钥匙》中的小钢抛弃杜娟，而小钢的未婚妻宝仪替小钢还杜娟的房门钥匙，不得不说，爱情永远是自私的，杜娟是爱情的追逐者而非利益分享者，在争夺战中，宝仪先入为主，以有了孩子不能没有爸爸的请求击中杜娟柔软的心，最终一段情缘飞逝而去。但是，正如古话所云：失之东隅，收之桑榆，杜娟真正的爱慕者始终在注视着她，就在杜娟彷徨苦闷的时候，男孩把一串钥匙送给她，待谜底揭开，幸福瞬间来临。

"那串带公仔的钥匙"最终经杜娟的手留给心中的王子。爱情经历波折后，风雨之后见彩虹，这样的结局也是社会良善的希望。但是作品对于复杂人物内心情感的技术处置在情节上张力不够，代入的人物无缝链接回避了很多现实矛盾，这是作品尚待解决的问题。

三篇小小说，如果从物质的结构来看待，自然是符合小小说写作常态的，它在尘世漂泊里呼唤情感归来并加以塑造，是希望营造一种温暖给人世大地，这一点无疑是值得肯定的。但是，作品重情节而迎合大众消费阅读，技巧痕迹挥之不去，而对于小小说晴朗的明天来说，难度跨越，是考验松良小小说创作的分水岭，时间或许可以改变，谁知道明天会发生什么呢？

2021 年 1 月 30 日

小小说艺术

社会万象下的精神书写
——兼谈刘庆华近期三篇小小说新作

这几年跟刘庆华的距离,"近"到是上下楼的关系,我们都在同一栋大楼里上班,我在七楼,他在六楼。世界上的一切事物一切现象都不是互相隔绝、彼此孤立的,而是互相联系的,因此,我们时常见面,谈得比较多的是文学话题,特别是小小说。

刘庆华写小小说的历史比较早,在桥头小小说发轫的2008年,他的名字就在成员之列,镌刻在桥头小小说的光荣柱上。桥头镇并非一个很大的地理空间,他在小街小巷穿行,眼里随处都可以接触到风物世情和芸芸众生。他以一颗初心,在触碰直面社会的同时,内心也建构了自己的精神世界和世俗世界。他的小小说,写的得心应手,主要原因是他的内心有一个向度,就是聚焦社会万象和普通大众,希望再现社会实情,重塑矛盾纠葛,进而借助文章的温情,对社会有所建言,折射人性的光泽。

小说人物的朴实性与矛盾发展的冲突性

社会是一部写不完的大书，西汉刘向在《说苑》中说"万物得其本者生，百事得其道者成"，这句话的意思是说世间万物保住根本就能生长，一切事情符合和顺应道义才能成功。

作为一个深知社会疾苦的人，如何状写现实世界和客观事件，真实表达内心的种种感受与感悟，借以传递内心的情感温度，成为刘庆华行事作文的思考。因而，他的很多作品以写实为主，语言极其朴实，人物原型来自社会众生相，在故事情节的矛盾性冲突中，巧妙为民说话、以文发声，表达自己的维度，并逐步形成自己的叙事风格。

他的作品描摹对象，芸芸众生，涉及广泛，城市乡村，不一而足。人物有官员，也有百姓；有城镇商人、工匠、医生，也有乡村农民、猎人、打工仔。叙事对象有男人、女人。年龄取舍不独关注年轻人，更多笔墨注重对老年人的描写。

他的小小说作品，两极明显，早期可能因为社会经验和认知，多愤世嫉俗，描述对象以官员为主，辛辣讽刺之余，尽显社会况味，警世意味强烈。他的获奖作品《铁面局长》就是这一时期的代表作。后期逐渐看淡世情，内心风轻云淡，越发趋于平和，视角关注平民生活，注意力随着改革开

小小说艺术

放的推进和社会急剧变化，文章以小事件、小人物入手，及时反映社会变迁和社会变革下的矛盾冲突，他的叙事，并非平铺直叙，情节设置跌宕起伏，在矛盾冲突中，希望演绎不同人物的命运沉浮，展现人物性格和内心深处的良善，借小小说反映社会问题，又思忖自己置身其中，为社会解剖提供积极应对之策。

"安民之道，在察其疾苦而已。"每个有良知的书生，都有悲悯与思考，他们从来不是置身事外，而是抱定改造社会之心而在笔端流露治国安邦之计。在刘庆华的目前比较成功的小小说实践中，《秤砣情》和《别人怎么说》，犹如一对姊妹篇，将他的情怀展露淋漓。这两个作品的角度关注老年人，文章直面社会养老话题，在小说耐人寻味的人生况味中，反映了社会朴实的孝道观、朴素的爱情观和传统价值观，侧面反映底层人物的生活图景，对当下社会养老问题提出了自己的思考和建言。因而，他的小小说，人物性格鲜明，形象饱满，地位低下，朴实的语言语境，不同视角呈现，揭示了人性与矛盾，让人过目之后，印象深刻。

谋篇布局下的人性探究与作家人生的经验总结

本期的三篇小小说《原谅》《你骗谁》《"三子"惹祸》，延续了上面的底层零度写作，作品叙事和谋篇布局，有故事重心和核心，且均落墨在平凡得不能再平凡的普通人物身上，这些人是不能忽视的社会中人。三个作品中的人物都有生活原型的影子，但作者通过故事演绎，在人物的朴实性与社会矛盾发展的冲突性之中，完成了精神上的升华，巧妙地表达自身建构的人生经验总结。作品在带给人们复杂情感波折体验的同时，也看到了社会最真实、最本质的一面。

《原谅》写大学生村主任陈潭，为实施乡村振兴战略、做好产业文章，坚持引进良种板栗苗种植。他两次外出取经，却遭受村民奚落和责难，面对被人误解及打击，陈潭没有气馁和放弃，最终成功引来资金和技术，"铁杆庄稼+农业旅游"项目落户，为乡村发展引凤筑巢，注入发展动力。可以说这是一篇完完全全贴近生活、关注新农村建设的现实题材小小说，反映作者敏锐的生活观察力和思考力。

小说人物质朴，不善言辞，但是有一颗真诚的心，他不掩饰自己的短板，对工作中的缺点诚恳坦然，不做作，文章以"也请乡亲们原谅我，事先没跟大家商量。"结尾，小说成功塑造了一位率真、成长中的基层好干部，反映了乡村清新的社会风貌，展现了未来美好的生活愿景。

《你骗谁》是一篇令人心情沉重、悲喜交加的小小说，作品用不甚复杂的情节，写煤矿厨工王师傅怜悯才满十六岁的矿工汪林，设法巧借他人名义资助他继续读书，直到汪林考上大学。一个发人深思的故事，一个乐于助人的好人，一个知恩图报的才俊，小说在朴实的语言叙事中，完成了一个

小小说艺术

生活悲喜剧，让人既看到社会向好的一面，也折射生活具象下的现实困境。

由于贫富差距的原因，社会总是充满着这样那样的令人心酸的问题，这也是汪林为什么才满十六岁就不得不到危险而且很脏很累的煤矿挣钱的根源所在。好在社会的良善永存，他遇到了一位好人，一位不惜用自己微薄的薪资、还要隐姓埋名助学的好人王师傅，最后汪林借助帮助上了理想大学，成就了自己未来的美好生活。

小说用了一个不太引人关注的、可以说是很隐蔽的字眼，间接塑造了英雄的人民军队的优良传统。"曾在部队当过炊事员"的厨工王师傅没有辜负部队的培养，回到社会继续保持部队的本色，将自己人性深处的良善结合在一起，续写着人间的大爱无声，细心的读者从中完全可以感受到人民军队爱人民的血脉深情。

《"三子"惹祸》实际上是一篇如何正确对待恋爱和婚姻的现实题材小说。无论时代如何进步，在适龄婚姻的青年身上，房子、车子和票子，这样的诉求总是困扰着女孩子的心。小说中的"玲子"对于父亲相中的女婿却提出非分的"三子"要求，导致自己的郎君陈驰不得不外出挣钱，最后演绎出陈驰误入理发店做工挣到钱有了立身之本、生活戏剧卜与玲子二度重逢并以真情重新赢得玲子的爱情、结婚后陈驰却花心移情别恋脚踏两只船结果遭到双重威胁不得不远走高飞躲避是非，生活几重唱，人生百般味，烟火气息浓郁，针砭当下世情，当中的经验教训，对于年轻朋友有正面的启示意义。

小说重塑了传统的社会人伦观和婚姻爱情观，传递了人要本分、脚踏实地的古老识人做人的道理，批评了当今有些恋爱中的青年"得陇望蜀"的不合理思想以及面对花花世界容易迷失沉沦而导致婚姻家庭不幸悲剧发生的做法，指出靠诚实劳动和共同齐心才能赢得生活安稳的本质，作品中陈驰最后去建筑工地重操旧业，反映了作品立意的向度，希望在回归中继续美好人生。当然，这样的构想是否是生活得以延续的最好选择，我们不能予以苛求。人人生活和美，社会和谐稳定，我想这也是文章通过人生的经验教训传递出来的积极意义，对此，我们要热情欢迎。

刘庆华在这些年来的转变性写作中，完成了自己的身份标识，聚焦社会全面转型时期的世间百态和社会万象，内心深处与之形成一种互动，他的作品所暴露出的人生和社会的痛点，本质上是希望社会能够有序和谐，实现人性的真善美。如果把作品比作是社会发展的一面镜子，那么他就是万千举起镜子、具有丰富生活经历的人生体验师中的一个，他和很多有经验的作家一样，都是坚持精神书写的人。

2022 年 10 月 31 日

小小说艺术

平凡故事里饱满的人性之美
——读诸葛斌"人在贵州"系列作品

桥头小小说创作基地的成员,来自各行各业,每个人凭着对小小说的热爱,各自书写着别样的精彩。由于社会分工不同和职业身份差异,他们在小小说的共性之美之外,又极具个性之美,这里的个性除了女性和男性等差异外,还有就是职业性的呈现之美。

桥头小小说作家群,有很大一部分人是教师。由于教师职业的特殊性,他们既有创造性和灵活性,又有主体性和示范性,他们在提高民族文化素质方面的全身心投入,使得他们的叙事不可避免地打上了校园文学的风格,他们的身份,决定他们与其他行业的小小说作家有所不同。

事实上,他们是桥头小小说的生力军,是一支不可忽视的重要写作力量。其中,来自桥头中学的诸葛斌,就是优秀代表作家之一。

作品之上是心灵,作品之外是明天

诸葛斌,出生于湖北恩施,1995年结缘调到东莞桥头镇,是一位资深的老桥头人了,在桥头中学工作,是语文高级教师。他在做好教书育人的本职工作之余,勤于笔耕,作品见诸《小小说选刊》《百花园》《小说月刊》等期刊,他用自己的努力,在文学百花园里尽情翱翔,用精彩的业绩实现人生的"两栖"着陆,校内校外都取得了不错的成果。

他是桥头小小说的早期活跃成员之一,写过不少好作品,也获得了不少奖项。2012年1月,他在"桥兴杯"东莞市第四届小小说创作大赛上凭借小小说《钓》一举夺魁,获得一等奖。他还在东莞市首届廉政小小说大赛上获得过二等奖。以上足见他的创作实力。

2021年,他带着一颗真诚的心,奔赴贵州省玉屏县扶贫支教。多彩贵州的独特自然风貌和热情善良的玉屏师生,给只身远赴异地教育教学的他,给予了无限的温暖和精神的滋养,他是外省人,但人在贵州的亲历,让他的心灵烙上了贵州的印迹,那里的山山水水不止哺育了勤劳智慧的贵州人民,也给一路风尘到贵州传道授业的他同样的恩情,他怎么会忘记那里的一切?

于是,每一个月明星稀之夜,伴随清风徐来的惬意,

小小说艺术

饱含负氧离子的高原带给他的，是思绪绵绵和心底的律动，他已经将自己融入了那片壮美的山河和可亲可爱可敬的群体，他是贵州人眼里的外省人，更是外省人中亲近贵州的知识分子，他不可避免地将自己当作是玉屏人，脑海里植入了玉屏情结和贵州情结，因此，他以贵州奇特的山水为背景，用来自东莞桥头的笔和外省人的视角，细细打量玉屏和贵州的每一天变化，心底饱蘸舞阳河的墨汁，以青山为屏，借助小小说这一灵活而又独特的文体，撰写眼里的质朴本真和乡土气息，见证乡村振兴巨大变化下的美好生活和人性之美，读他的"人在贵州"系列小小说，我们似乎看到大美贵州的美丽画卷正在党的强国富民政策下，舒展得越来越壮美。

他带着教书育人的真诚愿望，到这里播撒文化的种子，将先进文化和先进教学理念和方式技巧带到贵州，他自己本身就是一部作品。在作品之上，人民看到他的美好心灵，通过作品呈现，人民又看到他思想深邃的目光里，满是对于明天的美好希冀和期待。

他爱贵州和玉屏。黔地的文化色彩和生态文明，从他的纸上走出来，最后走进人们的心坎里。

平凡故事里饱满的人性之美

作为刊物的编辑和基地负责人，我一直关注诸葛斌的写作动态，本期《荷风》"莞邑之星"栏目，从他的"人在贵州"系列作品里选取了三篇较有代表性的小小说作品《穿高跟鞋的女人》《LV胶袋》《西江之美》刊发，其目的和推介意义在于本刊始终关注底层写作经验，通过平台和载体，希望传递他们的声音和文字的力量。

"人在贵州"，是人在旅途的一部分，"人在贵州"系列作品，实际上是他的自我意识里的心灵放歌和文字漫游，作品用散文式的手法构建小说脉络，这里面有他的思考和感悟，也有解构和觉悟，"系列"是指相互关联的成组成套的事物或现象，从写作本身来说，体现了他的职业严谨性和程序式的思维方式，写作上同教书育人一样，教、练结合，教、写一体，是身体力行的实践者。

《穿高跟鞋的女人》，先抑后扬，写登山旅途上一对母子爬山，她穿着高跟鞋，挑战自我，而她的六岁儿子也跟着妈妈爬山。贵州的老金顶和红云金顶，在登山客"我"的眼里，女人是不可思议的。然而，故事峰回路转，结尾不经意的发现，让"我"收获到最美照片，其实，毋宁是照片，实际上是"我"的心灵震撼。剥开现象看本质，原来"谜底"竟然是这位母亲用迥异于世人眼光的方式穿高跟鞋爬山，为儿子两只脚高低不一致、腿脚不方便爬山树立了榜样，激励儿子面对困难挑战极限。这种积极的人生态度里饱含着坚强与情感的温暖，具有励志性的温馨，这就是生活之美和人性之美给读者留下的深深印象。

小小说艺术

《LV胶袋》极富生活情趣，不经意的发现中，支教老师聂萍的爱心助学故事动人心弦，人物形象栩栩如生，作品虽然有散文化的倾向，但是故事具有反转性，支教老师聂萍在同事们眼里怪异，手提手袋不讨人喜欢，遭到其他老师的不解，甚至非常抵触、厌恶，但聂萍我行我素，不为所动，差点遭到众人要拉黑的惩罚。常说怪人之后必有"猫腻"，果然，一个偶然事件导致剧情反转，事情真相大白，原来聂萍省小钱却花大钱为孩子们购买学习用品，一个爱心助学故事迎面扑来，最后赢得同事们的敬仰与支持，和谐友爱的画卷在误会之后终于再次徐徐打开，而结尾一句"有钱拿来，给我献爱心去"，亦庄亦谐，生动体现了聂老师生动活泼的一面，尺幅之间，友情上升，主题指向，明朗清晰。

《西江之美》用了侧写方式呈现作者心中的西江之美，小说聚焦西江美景和摄影偶遇，采取对比反衬，烘托四号风雨桥在人们心目中的地位。风光美只是自然美，只有人美才能彰显一方水土的质感。苗王的女儿姜雨为了让古老的苗族更好地融入当今社会，竟然免费做起模特儿，给形形色色的游客和摄影发烧友义务当拍照模特，她的耐心和奉献，以及苗家热情好客的待人之道，最终将苗家洁净的微笑传给四面八方。作品生动还原了西江苗寨摇曳多姿的自然之美，特别是苗家儿女演绎的人性之美，让千年苗寨更加走入人们视野，体现了社会的开放与进步。

诸葛斌这一组"人在贵州"系列小小说作品,富有想象力,具有浓郁的地域风情,与时代进步的气息同频共振,本真清新,让人们触动心弦,在俯仰之间,真切感悟了多彩贵州的高原之美。

2022 年 12 月 7 日

小小说艺术

南方盛开的圣洁荷花
——《2021年荷风年度小小说》序言

  在南方有一个千年古镇叫桥头镇，它位于广东省东莞市。这里盛开着美丽的圣洁的荷花，人人爱荷，就连2014年6月创办的小小说专业杂志，也取名叫《荷风》。

  亭亭玉立，风华于世。这是它与生俱来的光华，一出现，便受到国内外有影响力的评论家、作家、编辑家等专家学者的关注，也得到无数文学爱好者的热捧。这本小小说期刊，被中国当代小小说文体倡导者、河南省作协副主席、著名评论家杨晓敏先生赞誉为业界大刊名刊。

  这两年内刊出版形势不是十分乐观，有着独特气质的纯文学刊物《荷风》也不例外。为了坚守理想，继续打造桥头·中国小小说特色文化品牌，擦亮南方因荷而生的《荷风》引领的独特小小说现象，巩固全国小小说的"桥头堡"地位，一群有理想的小小说人开始谋划一本带有南方温度的年度小小说，它不与国内有着权威气质的年度选本争锋，只想为年度小小说拾遗补阙,满足那些不应该被忽视的优秀作品重现大众视野。

众所周知,小小说发轫于大地,根系发达,来自生命的体温,伴随有灵魂的精神表达,在有心人的呵护与滋养下,在一代又一代作家的精心培植下,改革开放以来呈现出欣欣向荣、一派前景灿烂光明的景象。

小小说作为一种独特的文体,它不同于传统的源远流长的诗歌、散文等历经千年洗礼的文体,它是在伴随社会不断变革中,在现代思想解放的重要历史阶段,在国运文运交织碰撞中,人们的发散思维希望用全新的文学表现形式来抒发情感、解读人生,共享美好社会生活,在跌宕起伏中感悟大千世界与世俗人伦,创作者基于宣泄与共鸣,在创新驱动下,欲望和冲动常常溢于笔端,在诗歌不能表达复杂情感、散文不能形象展现矛盾的困扰下,小小说以自己独特的身影,悄然演变为一种新的文学样式,甫一出现,众多的人便参与进来,不断进行长时间的创作实践,数十年持续不断,自然而然就涌现出一大批有代表性的小小说作家,他们以独特的坚韧,罔顾世俗的不屑,横空出世,最终以品质优良的标志性作品让小小说独立于文学之林。

因而,小小说一开始就是一种有个性的、有尊严的文体,它不流于形式而重内涵,不喧嚣于华美而求品位,不灿烂于庸俗而注重余韵,不追求大而全而书写时光的碎片化。小小说写作者遍及社会各界,民间不断投入大量的人力、智

小小说艺术

力和财力，通过报刊和新媒体新技术新运用下的网络空间优势，全方位拓展阅读展示，通过举办征文、评奖、培训、笔会、出版等形式，在民间的自我调节中，引领着小小说文体负重前行。

年度选本有责任梳理他们每一个年度前行的轨迹，记录他们的写作状态，发掘有质感的精品文章，从而助力于有潜质的小小说写作者不断进步成长，让名家继续文笔长青，让新人脱颖而出，遴选自是与时俱进，与时代命运同行。

当代小小说领域，毋庸讳言，确实是群星璀璨，响应者云集。五彩缤纷的小小说天空，在一茬又一茬的倡导者、评论人士、编辑、作者共同努力下，既青春永驻，又魅力四射，这个时代如果没有人与小小说邂逅，哪怕是短暂的惊鸿一瞥我想都必然是遗憾的。对于那些脍炙人口的精美华章，阅读者可以有不同的欣赏感受，但是不可以不加以注目礼。

这些年来，因工作关系，我有机会主持《荷风》杂志的编辑事务，在与当今活跃于小小说领域的专业报刊交往中，在与作家、评论家、编辑家、出版家等等进行心灵交流的时候，我经历了很多有创意的小小说活动，关注业界创作动态，对新锐力量和优秀作品予以关注和评估，对当代小小说的未来发展趋势与走向进行探索和研讨，当我在桥头那些脐带式的巷道行走静默时，我似乎随处都能听到小小说的声音。而在全国各地追寻小小说的精神脉象，凝视熟悉与陌生的灵魂的表情，我感到他们心底的语言涛声，总是指引着我观察河流的流向，寻找小小说的来路与明天。

有时候，为了探寻他们心灵的宝藏，不得不低头俯瞰沧桑，只有沿着他们描摹的跌宕起伏的命运轨迹，才能感悟他们心底的力量，察觉到不易发现的倔强与坚韧、苦乐和悲喜。我想他们的情怀是博大的，蕴含的力量是深沉的，思想的源泉总是源源不断的。

小小说的碎片化也能散发出耀目的强光，如同桥头人喜欢圣洁的荷花一样，总是寄希望能穿越岁月的缝隙，照亮人生的旷野。只要身形硬朗，步履矫健，思维敏捷，岁月悠长，我想我不会忽视小小说宽广的精神谱系，我与他们必定有某种内在的心灵呼应，在每一个文字与思想碰撞的触感下，金石的质感和骨骼的挺拔经常敲打自己的灵魂，文章中的那些生命的光泽，正在凝结一代人的品格，我看到他们肩上的使命和责任，映照着小小说未来的恢宏天空。

因而，我想说，小小说最难能可贵的品格在于气质、骨骼和情怀，因而，她总是有着青春的容颜、悸动的芳心、美丽的营养。我和书上所有的作者一样，都是小小说家族的一员。我有幸参与编选这样一本年度集子，是一件痛并快乐的事情。

当然，我和所有读者一样，也希望从中发现一缕光。

2021 年 12 月

小小说艺术

一个会讲故事的人
——评白茅《一个瓷杯引发的N种结局》系列小小说

在东莞小小说写作大军中,来自四川的白茅是个另类,他醉心于长篇小说创作,近年来却爱好小小说,而且一出手即不同凡响,引发业界关注。

他写得很棒的一篇作品,叫《开门》。这个作品在我看来是一篇好小小说,原因在于立意双关,寓意明显,虚实结合,平中见奇。当然他也写了其他好的小小说,最近还获了第四届"扬辉小小说奖"基地新秀奖,而且还成为《东莞小小说研究》的10位重点作家研究对象,他的上升势头让我看到基地培养新人的措施起到了积极作用,取得了一定的成效。十年树木,不断有新人冒出,而且写得好,这就是基地长远规划和实施加强梯队人才培育建设工程的结晶。

一个作家的创作有意识地进行探索和研判,将取之于社会的素材进行一系列创作加工,从素材到作品,不管中间多少个环节,最终验证的是成品、是文本。将有相互关联而组成的事物或现象形成系列文字,诉之以故事化的讲述,白茅显然在做这方面的尝试与创新。把平常司空见惯的素材加以整合、加以思考、注入灵魂,实际上,是作者运用小小说这一载体,进行了想象力的提升。时代在变,但是有些想法似乎并未过时,这也是经验的总结和创新的一个转换,经常有人呼吁作家要写出反映时代、反映生活的好作品,而在我看来,好作品一定离不开生活本身和文脉延续。从小小说来看,要将小小说写得有高度、有深度、有温度、有质感、耐品读,需要一个作家的综合能力。白茅给我的印象,是他的小小说的接地气写法,他是贴着生活写的,将一些看似平常、平淡的事情有意识地融入自己的观感和观点,但又不直白流露,藏巧于拙,寓清于浊,让读者看完以后能够"会心一笑",找到感同身受的东西。

说到这里,回头来抽丝剥茧、一一分析他的这组系列作品。在我看来,《拉黑》《返回》《对证》,这既是系列,也可独立成篇。当然作为连环套来审视,似乎更能反映作者的意图和本意。

《拉黑》是用第三人称来讲述故事的。小说以第三人称叙述,一般来说能够比较自由灵活地反映客观内容,有比较广阔的活动范围,作者可以在这当中选择最典型的事例来展开情节,而没有第一人称写法所受的限制。第三人称叙述,有人形容为"上帝视角",这是有道理的,是文学创作经常采用的叙述方式。

小小说艺术

　　从叙述视角来看，作者用旁观者的身份，看"不讲李"和"贾瓷杯"的生活剧，小说中"不讲李"与"贾瓷杯"是一对地摊摊主，生活不容易，"不讲李"是一个热情而且宁愿吃亏也不愿意争辩的好姑娘，围绕"瓷杯"打碎、"不讲李"赔钱（不解释不申辩）、"不讲李"遇到开锁麻烦巧遇"一捅开"，"一捅开"还原讲述事情原委并赔打碎的瓷杯钱等情节展开叙述，中间穿插"贾瓷杯"追求"不讲李"的情节，生动刻画了"不讲李"的正直和实诚品格，巧妙批评了"贾瓷杯"的做人和生意经的不向好的一面。三个小人物的活泛，反映了市井小民的庸常生活状态，作品的真实用意在于扬善矛盾纠葛下的人物美好心灵。

　　《拉黑》系列作品，讲述是直接生活化的，语言特征符合底层经验，尤其是取名体现了职业化特征，直接将人物融入故事，生活味、烟火气强烈，反映了作者对于生活的观察和体验的细致入微。在作品中，"贾瓷杯"是地摊卖假货"假瓷杯"的代名词，"不讲李"是"一个姓李的人，买卖东西不讲价"的诚实生意人，"一捅开"是开锁一捅就开的职业开锁人，不同职业人生，尽显风云变化，说的是生意，讲述的是人性，因为小说具有一定的指向性，反映了作者的创作意图。

　　《返回》讲述"贾瓷杯"面对接儿子放学却遭遇堵车麻烦，当他束手无策时想到请"不讲李"帮忙，不料一看微信，却遭遇"不讲李"拉黑了微信，沮丧的"贾瓷杯"忽然醒悟自己不该骗"不讲李"这样的好姑娘，懊悔之余立马想到如何回去找"不讲李"解释，试图挽回自己善意的"欺骗"而导致的求爱失败的结局，小说用"返回"这样的字眼来描述"贾瓷杯"，反映"贾瓷杯"聪明反被聪明误的复杂心态，他对失去"不讲李"感到由衷的悔意，也希望试图重塑旧情的希冀，一个意料之中的故事，却因为当事人"贾瓷杯"人生的悲凉遭遇而发生转折，小人物的无奈和心底的纠葛一览无余，让人备生感叹。

《对证》是《拉黑》《返回》故事版的延续，也是生活继续的写照。小说写了"贾慈悲"继续寻找"不讲李"和"一捅开"遭遇"出轨"风波故事。小说的戏剧性在于，两个男人寻找的对证人当事人"不讲李"竟然失联，寻不到人，证人为什么避开，当然是作者有意为之，但是"一捅开"面对老婆的紧逼，不得不四处寻找，在最后对证无果的情况下，他通过小区保安意外得知自己赔偿"贾慈悲"打碎瓷杯钱，而"贾慈悲"本人竟然不知道是自己赔的钱，他惊讶之余面对这样的戏剧性结果，无由地感到内心堵塞，以致眼眶湿润。

白茅将生活的寻常故事串联成一个三部曲，围绕一个瓷杯引发 N 种结局，说明他是一个会讲故事的人。小说巧妙还原讲述生活场景，具有多棱镜的照射作用，这个系列给小小说写作提供了长篇写作的可能性，这或许是一种探索与创新，对此，我觉得任何可以把小小说讲得生动、活灵活现的做法，都是可取的。

2023 年 3 月 19 日

小小说艺术

短章结实奇闻录
——评水鬼三篇小小说近作

2022年6月，水鬼在第四届"扬辉小小说奖"评选中一举斩获基地新秀奖，这个消息，让很多东莞作家很好奇：这"水鬼"何许人也？

别人不了解他，但我还是了解的。2021年6月初，我通过种种努力才联系上了他，并介绍他加入东莞市小小说学会，让他融入组织，不再孤军奋战。2022年《荷风》秋季卷，我特意遴选安排刊发他的《剃度》。我想，一个生活在东莞厚街的人，即使他找不到组织，组织也要主动联系他，不为什么，只因为他写小小说。发掘新人新作，我是认真的。

湘西人水鬼，是有些特别的。2022年1月他凭借《煮竹》获得《小小说选刊》第18届优秀作品奖。对于这样的作者予以关注，其实是顺理成章的事情，而他本人又乐意加入基地，两年下来，他作为基地关注的新人，《荷风》在本期的双子星栏目是要重点加以推介的。

水鬼向我提交了《吃食》《鱼肉》《怪谈》三篇小小说，并希望我为之写一点有关的评说，我翻看了他的这些近作，我的第一感觉是，他的这些笔记体小小说，是可以列入东莞现代小说阵营的，这些稳健、冷峻、透露着民间朴实传奇色彩的小说，是与众不同的，给东莞小小说带来了不一样的视觉冲击。

水鬼的作品，破茧而出，某种程度上完成了他的精神幻想世界的读写。他的写法老练，讲述内敛平静，作品漫溢的生死轮廓，遵从人与鬼怪、神灵的共处，内容看似遥远，实则近得逼人。我想，他的写作有着湘西的凝重和灵韵，于空灵的山水中完成了心灵的洗礼，那些闻得到的气息，从纸上飘下来，有着极其自然的感觉和冰山的质感，使人看过一定会忘不了。

《吃食》《鱼肉》《怪谈》是三个短章，标题简朴，文章彼此独立但又有些关联，好像用了根结实的绳子捆扎在一起一样，可以视为一个整体。三个作品无一例外的都是讲述从山野乡村人的嘴里听到的有些吓人的奇闻逸事，这些带骨血的故事，似乎存在于某一个孤岛，而真实的背景是湘西部落自然的精神空间，读完，人们不可以简单归类于蛮荒，而应该用现代的眼光重新审视那一片山林所混合的古老与现代的气息。

《吃食》与其他两章一样，是讲古。时空的画面是在六

小小说艺术

婶家上演的，这里聚集着一伙人，小撮苞谷粒，一只瘦得皮包骨的老鼠，最终成了大伙的吃食，泥瓦匠的闯入，和他带来的骇人听闻的故事，成为发酵的焦点，但令人不安的是，人们是那样的平静。六婶后来讲他五叔伯的故事，接下来是我和侯宝家的女人分吃蛇肉的故事，几个故事说的其实是年代里的悲情，也就是饥饿下的人间叙事。

小说的结尾用了一个富有想象力的诱惑作为留白，洋溢着饱暖下的人性欲望，在粗犷和野性交织的山林，一切看似奇特，实则又合乎天道岁月，好在时光不会倒流，人类的命运终将彻底改变。

《鱼肉》延续前面《吃食》吃茶的讲法，不同的是两个现代人吴雨威和李含从南方来到山里，承包水库养鱼，搭建小木屋，读诗，过起原始的田园村居生活。但是他们毕竟是现代人，在无聊且平淡的日子里，对吃鱼有了非同寻常的发现，他们聊乳汁喂鱼的吃法，荤素意境下牵扯着两个人的欲望。小说到此有了突转，一个避雨的女人过来烤火烘干衣服、饥肠辘辘的时候，他们想到了待客吃鱼，但是对于吃法又表现得欲言又止，小说的节制是直到结尾才破题的，聪明的女人意味深长地戳破老和尚吃鱼的吃法，这种含而不露、先抑后扬的写法总是有看头，小说的情节张力，就是要控制好节奏，有效抑制罪恶的蔓延。

这篇作品的过渡自然，让人印象深刻。比如："这种吃法的成立，首先得有一个女人，其次女人得有乳汁，最后得能让这个女人献上她的乳汁。"到下一段"鱼开始跃出水面,预示着大雨将至。……就在这时,一个浑身淋得湿透的女人前来避雨。"作者的想象空间和自然场景无缝对接,而情节的衔接又严丝合缝,彰显着小说的讲述处在一个老僧入定般的空灵世界,读者仿佛身临其境,体验欲罢不能。

《怪谈》其实是用现代的解构来希望破解人类的恐惧和恶魔的故事。小说仿佛陷入一种意识流圈套,但用"怪谈"二字巧妙地避开了"对号入座",为小说中的恐怖性和残忍性的呈现设置了解脱,使得人们相信这是在阅读一篇小说,而不是选择模仿实施。小说的延宕故事是和时代精神格格不入的,作品展露的人性折磨与碾压,反映的是现代人内心的精神荒诞。作品中的"我"近乎变态的残忍,是精神世界的重压错乱,而非真实的实施,"我"借助向他人讲述来释放心中的恐惧和空虚,最终战胜了心中的恶魔,这是精神胜利法在小小说世界的流露,体现小小说希望通过揭露荒诞来拯救世界的良善呼喊。

现代生活的提高,并不意味着丰盈的物质世界就没有危机和紧张感。相反,人类内心的焦躁和不平静,常常在不均衡分布的财富世界存在,这样,需要一种挽救和拯救,而小小说利用"微言大义"实施"渡劫",完成精神世界的洗礼,破除荒诞和空虚,从而将主题进行了升华。

三篇作品的主题基本趋于一致,那就是关于人类最本质

小小说艺术

的饮食和内心的欲望。作者自始至终没有说教,而是慢条斯理讲述,加上氛围渲染得当,使人有一种切肤的痛感和希望拯救的希望滋生。

2023 年 3 月 31 日

第四辑

创作漫谈

小小说艺术

小小说艺术

蝶恋花

为了心中的完美，有空就写那么几篇小小说，给文学天地添一抹绿意，可能是初衷。

不刻意去硬写，随意些，倘能洞幽烛远，不疾不徐地完成心仪的某个篇什，我想也就对得起心中的所思所想。

小小说很可能是杂花生树的，别看它小，当社会需要它时，成为大树，给树下的人或远远看风景的人欣赏，是能荡起涟漪的，美，且有滋有味。

写小小说，不限于写小小说，诗歌、散文、随笔、长中短篇等也鼓捣，当然，宽阔性写作中终是有任你长袖善舞的，也就毫不客气地做做文章，这叫有的放矢，不乱花迷眼，有方向。小小说虽是平民艺术，但还是要有点贵族气质。它讲格局，讲美学，讲思想，讲结构，有时比其他文体更苛求这些艺术要求。相由心生，仁由心发，不作无本之木，不作俗人之想，小小说之求，就有点靠谱。

写作是写作者的事,好坏是评论者的事。

自吹自擂,一时热闹,久了也就曲终人散,特别是连个知音也没有,小小说也就失去了应有的魅力。

因此,我认为小小说写作者最好是个建设者,搭房子,外观要靓,内饰要美,结构嘛,里面最好是迷宫,让人进得来,却不想出得去,所谓欲罢不能,意味无穷,就看我们是不是能工巧匠,做不做得出精工的"匠活"?

小小说无论采取何种叙述方式,不外乎要留下一点历史的脚印和诗美的灵性。

有人可能要反驳,扯那么远那么虚干吗?事实上,你现在写的每一段文字,都是历史发生的一部分。因为,广义上,"历史"可以指过去发生的一切事件。无论是真的过去,还是虚构的过去,你用文字说话,用语言说话,在现实中给读者成为可能可以讨论的问题,历史又成为历史,你的高明在于对历史进行了深加工,巧布局。

诗美,灵性,不管你承认不承认,其实是存在于心底的。小小说是语言文字的艺术,你把它写出来,从本质上说,你是想把"美"(包括缺陷美)呈现给读者的。差别在于,写作技巧、表现手法、题材开掘、语言优劣、格调境界等等因人而异。

作为一个小小说写作人,我主张"蝶恋花",对小小说之美,有追求,有向往,有发现,有误入陷阱的危险,有沉醉痴迷的感觉。"妄心不死,真心不活",去掉急功近利的妄

小小说艺术

心,捡拾闻过修行的真心,实实在在写好每一篇文章,群经浩瀚,大道至简,至于微妙,全在于是否找得到入口和出口。

第四辑 创作漫谈

小小说之心

改革开放已历四十余年，文学界的热词无疑是"小小说"。

能够引起全国上下关注，能够突出重围，在2018年秋进入鲁迅文学奖评奖序列，最终，冯骥才先生凭小小说集《俗世奇人》折服评委，荣获鲁奖，蟾宫折桂之余，小小说之热旋即更趋于高热度，受到热追捧，自然这是小小说界的幸事。

当代小小说可追溯到20世纪80年代，90年代得到繁荣，21世纪后，趋于更加成熟。回顾和探究四十多年的小小说之路，其茁壮成长、探索创新和繁荣发展，艰难困苦和求索创新始终如影相随。中国人讲"事在人为"，用之于小小说，可谓形象鲜明。人是决定一切事业兴衰成败的关键。什么人来推动？什么人可以一石激起千层浪？无疑又成为关键中的关键。

小小说艺术

纵观海内，揽视全球，华人小小说之文体倡导者、推动者，专家多有论述，众人颇多认同，业界早有定论，唯兹此事大，然几无争议者、竞争者，首推杨晓敏先生。事实上，除了他，目前谁能与之比肩？

昨日及今天乃至明日之小小说界，持此观点的人，数不胜数。

常言道：三军易得，一将难求。

同时代与杨晓敏先生并肩为小小说鼓与呼的人不在少数，为什么最终是杨晓敏先生成为中国当代小小说文体的倡导者？

盖以杨公为首，团结众人，前瞻远大，矢志不渝，披肝沥胆，为小小说奔走与呼号，其行动与业绩，日月昭昭，功在当代，利在千秋，业界有目共睹，业界之外亦无微词，试看诸多先生们的论述，足可让人信服。

放眼世界各国，鲜有人会被某一文体的写作者毫无争议地尊为"教父"，而杨晓敏几乎是唯一的例外。（何弘《小小说理论的奠基者》）

2006年3月15日的《中华读书报》发表了舒晋瑜长篇访谈文章《"中国小小说教父"的梦想》，她翔实地记述了杨晓敏先生为当代中国小小说做出的贡献和他的文化理想。（孟繁华《令人感动的是文化理想》）

提到中国的小小说，便不能不提到其领军人物杨晓敏……杨晓敏不是小小说作家，他比任何一位作家对小小说的贡献更大。（胡平，"中国作家网"，2009 年 8 月高端论坛评论）

杨晓敏对小小说的很多思考，非常具有时代意义……杨晓敏的很多思想，都具有现实意义和时代意义。（吴秉杰，"中国作家网"，2009 年 8 月高端论坛评论）

这么多年来，他一直在旗帜鲜明地支持中国当代小小说的繁荣发展，为中国当代小小说进入中国当代文学的视野摇旗呐喊。在很多时候，几乎就他一个人在呐喊……他是在小小说创作还不是很成熟的那些年头，就坚信小小说有美好未来的。仅这一点，就值得我们高度评价……他的名字将和中国当代小小说连在一起。（木弓，"中国作家网"，2009 年 8 月高端论坛评论）

是小小说，使郑州在当代文化建设中名扬海外；是杨晓敏和他的团队，使中国的小小说事业如日中天！（顾建新《一个人和他的世界》）

我在这里不能不特别提到《小小说选刊》主编杨晓敏对小小说的发展，对我国文学事业的发展，所付出的辛劳汗水，默默奉献，小小说每一步发展，都有他的心血，小小说

小小说艺术

刊物从创办到不断丰满，都记载着他的辛劳。（翟泰丰，2009年5月在郑州小小说节开幕式上的讲话）

……

毫无疑问，杨晓敏先生，对于小小说事业的矢志不渝和卓有成效的建树赢得了众人的肯定和赞誉。本人参与小小说的读写，为小小说事业略尽绵薄之力，与杨公晓敏先生或多或少有所关联，有时候影响还很大。撇开他主编的《小小说选刊》我阅读得到的启迪不讲，我想与杨晓敏先生的第一次电话联系、第一次微信沟通，我心底得出一个结论：一个真正的平易近人的大师！杨晓敏先生，始终没有架子，没有居高临下，没有盛气凌人，只有对于小小说的热望和不知疲倦的立论、著书、评点、研讨、总结，在他的身上，"挺拔"可以形容他的"伟岸"；"高地"可以形容他的"理论"；"飞扬"可以形容他的"事业"。

他是"伟岸"的。多少不见其真容的人误以为他是一个美丽的女子，其实，抵近了，他是一个真真切切的、高高大大的汉子。在南来的南方会议上，在北上的中原叙谈中，我想他那一米八多的个子，浓眉，国字脸，在很多人群中，也是"高大威猛"和"高大英俊"者。这样一个汉子，偏偏还是边防军人出身，已然用"威武、英挺、刚硬、魁梧、威猛、如山似塔、身姿矫健、体魄健壮、气宇轩昂"等字眼形容均符合实际。这是人物外在的良好观感。

而对于小小说，他更是"伟岸"的，在小小说界，他的理论已成为"高地"，他的小小说事业，用"神采飞扬"形容之，一点也不过分。他是当代作家、著名评论家、编辑家和文学活动家，是小小说事业的倡导者与文化产业经营者，是小小说文体的理论奠基人，以笔者的眼光，称他是"小小说之心"，或许更加贴切。

一是建构了一套小小说理论。这是对小小说发展至关重要的贡献。他的小小说理论的焦点是旗帜鲜明地提出了"小小说是平民艺术"。围绕这个理论，出版了《小小说图腾》《小小说是平民艺术》《杨晓敏与小小说》等重要著作，全面、系统加以论述。论述的直接作用是为小小说的普及、推广、发展、壮大指明了方向，为小小说的生存找到了赖以立足的土壤，小小说能够从短篇小说中分离出来并发展成一个独立兴盛的文体，与这一理论体系分不开。

二是实现了一种文化理想。中国作家协会副主席陈建功曾这样评价杨晓敏的文化理想："杨晓敏的文化理想，是根植于中国传统文化沃土上的一种责任，也是一个有良知的文化人在现代文化语境中的一种自省。"杨晓敏在他的《我的文化理想》中还谈到作为一介书生，只要心向往之，也是能以"智力资本"来完善国家的。杨晓敏把他的"智力资本"倾注在小小说的倡导、实践和传播发展中，成就了"一介书生"最崇高的文化理想，不仅完善了自己的人生，而且开启了许多文化人的理想之门。

小小说艺术

三是推动和发展了小小说。在明确小小说创作规律的同时，"最大限度地发挥大众文化的优势，使文学和普通受众产生近距离的心理效应，文学才能更有自信和有力量。"他长期致力于文学自"金字塔型"结构至"橄榄型"结构的转变，以此为目标发展小小说这一创新型文化产业，提出"平民艺术"，努力打破写作的域限。让文学回归民间，回归普通民众，回归它精髓的实质来源，成为大多数普通人也能参与的大众活动，进而发展成一门新兴的大众文化产业。

第一，建设小小说阵地，打造小小说平台。他的办刊意识超前，办刊行动超前，办刊绩效超前。他说："倡导和规范小小说作品的使命，自然在很大程度上要落到发表、选载小小说的主流刊物上来。"而当时专门选载海内外优秀作品的《百花园》《小小说选刊》便成为他的重点发展刊物。他曾在《小小说选刊》《百花园》主编27年，在《小小说文体与刊物定位》一文中，杨晓敏谈到《小小说选刊》的定位是：精品意识、读者知音、作家摇篮。《百花园》的定位是：海内外倡导小小说的标志性刊物，全方位发展当代小小说的创作大观，适宜于社会各界阅读和珍藏。他对《小小说选刊》和《百花园》的打造思路十分符合这一市场规律，为小小说的推动和发展打造了巩固、坚强的阵地。

第二，培养小小说生力军，壮大小小说队伍。在组建小小说队伍的事业中，杨晓敏是费了一番心血的。他重视每一位作者的创新理论、新颖创作方式，尊重他们的思想成果；

他多次在郑州、潼关、北京、青岛、中牟、亳州、石家庄、资兴、大连、井冈山、宁波、南京、响水、白洋淀、舟山、东江湖、桥头等地举办各种笔会、研讨会，在民间呼吁创作，并给众多文化人提供文学、思想交流的平台，调动他们的热情，激发他们的灵感，以扩大小小说的影响，吸引更多作家的加入。

第三，汇编精品佳构，推介精品经典。编选出版《名家精品小小说选》《中国当代小小说精品库》《中国当代小小说作家丛书》《当代小小说名家珍藏》《中国当代小小说排行榜》《中国当代小小说典藏品》《中国小小说大系》《中国年度作品小小说》《改革开放四十年四十篇小小说》等逾百种图书，各方精英精品收录整齐，经典作品荣耀入选，显示了小小说的质感，塑造了小小说文体的经典标杆作品。

第四，打造顶级奖项，助推巅峰力作。2003年1月设立"中国小小说金麻雀奖"，至今已评选了七届，众多优秀作家作品脱颖而出，该奖因为专业性、权威性、公正性，让许多小小说作者看到了小小说的价值和希望，备受鼓舞，从而更好地激发创作热潮，为精品问世起到了不可估量的作用。

四是打通了文学产业化之路。小小说作为一种新兴文体，他不是商人，但是他找到了文化市场规律，经过精心打造，将小小说发展成为一种新兴的文化产业，并在市场经济

小小说艺术

浪潮中得到发展。为适应市场化和大众阅读的需求，他顺势而为，在巩固传统媒体的前提下，积极运用网站、博客、QQ、微信和微信公众号等新媒体平台，大力推介小小说理论、精品、经典、访谈等等，使得小小说的受众面越来越宽广，创作者越来越多，各省市成立小小说学会，加以跟进，小小说的文化产业之路越来越广阔，小小说的前景也被越来越多的人所看好。

2019年5月21日，这是一个重要日子，我风尘仆仆，赶到杨晓敏先生在郑州的居所拜访，先生礼仪隆重，安排薛培政老师在路口迎接，我们会合后，一行人穿过林荫小道，远远地就看到先生站在别墅大门口迎候，俊朗身姿，与5月的明净是那样的和谐。

在我的提议下，跟我一同前往拜会的，还有广东的白茅和上海的白云朵，他们都是小小说的忠实粉友，也是创作佼佼者。在居所园林一处特别的景观里，我们五人端坐在竹林，和煦的阳光穿透竹叶的缝隙，照耀在每个人的脸上，清风阵阵，笑语声声，纵是词韵膏腴，亦难以描述此情此景。

那天，杨公身着白色绸衫，足蹬圆口布鞋，身形高大，而脸上却始终挂着微笑，一派仙风道骨，在仙竹林中闲话小小说，耳提面命，我们醍醐灌顶，喜悦与叙谈相融，师生与缘分相连，先生之平易近人，实为山高水长之范。

一个人的小小说史、一个人的小小说论，就是一部小小说发展史，它发出质感、权威和高地的声音，他人目前无法与之比肩。小小说从龙湖、从郑州，发出袅袅禅音，我似乎看到泰山之巅与广袤孤寒的天作之合。

我看到他和经典的世界。

这样说来，与杨老师会于中原，我的神游之旅得以圆满画上句号，此人生之乐也，亦为小小说之佳话，可堪神交与契合。人问杨公之风何如？余愚钝，无凤彩鸾章，只谓杨公晓敏先生，实乃"小小说之心"也！

2019 年 5 月 22 日

小小说艺术

《渡船》创作谈

　　文章越短越难写，确实是这样。

　　但文章更多时候是神来之笔，构思在某一时刻灵光一闪，思绪的大门及时打开，创作立马进行加工成篇，这样的作品往往可遇不可求。

　　《渡船》的创作基本上是这样来的。

　　尽管如此，但生活有多丰富，作品才会有多深刻。生活如何体悟感知，观察和思想如何准确把握视角，构思如何有所侧重，让作品的文学性与思想性兼有，考验着一个作家的能力。

　　《渡船》之所以受到《小说选刊》《小小说选刊》《小小说月刊》等重量级刊物关注，我个人想了想，或许不外乎以下几个原因：

　　　　一是小说构思独特，行文缜密严谨，讲述生动形象，表达的思想内容有深度有内涵。

二是反映了时代关切的主题，传统生活方式与现代文明的矛盾，折射社会层面的发展问题。小说值得思索，对社会有标识和借鉴意义。

三是叙事方式有独到之处，语言老到，画面清晰，小说明暗线交织，主要人物与次要人物交叉，双线结构下，小说立人立事，富有视觉和情感上的冲击力。

我的老家就在小河边，没有一天不跟河流发生关联故事。河流是母亲河不假，但河流有时候发威，给两岸人民生产、生活和生存带来挑战，是不争的事实。船作为传统的交通工具，在我小时候虽然已经不存在了，但是河上是独木桥，还不是现代意义上的桥梁，便捷之余，过河的危险依然存在。而在离我家数十公里远的地方，也就是常宁通往衡阳的路上，界河湘江真是一道难以逾越的天堑，渡船至今还存在，虽然很多很多年前修通了一座湘江大桥，但是轮船过渡的情景至今无法从记忆中消失。

到广东淘金，我是从广州经番禺到虎门再去深圳特区的。我是坐轮渡通过了伶仃洋，然后改换汽车到达深圳的，一路颠沛流离，那个时候的汽车设施差，窗外扬起的灰尘随时扑面而来，过大江大河，渡船必不可少，在我的生活中，船的画面在脑海中始终具象真实，很多次希望提笔来写有关渡船的文章。

小小说艺术

如果以乘客的身份来写，最多只能写过江的艰难与不易，或者写江上的愉悦和飞扬等心情，这样显然无法读懂一条江对于社会的广角认识。于是，我决定从船主身份入手，他们风里来雨里去，虽然赚到一些钱，但是也是充满风险与磨折。这样的营生，各种滋味都有。

文中的马老四是我刻意雕刻的人物。这个人对自己的渡船经营投入了毕生的精力，对航线有着刻骨铭心的热爱，但对竞争性的新生事物（比如桥）充满警惕，矛盾心理贯穿始终，对江上架桥敏感，哪怕是个小小传言，也随时像个发条让他紧张，可以说矛盾心理达到了极致，但在生存面前，在不可抗拒的社会能量面前，个人无法改变一切，悲情和无奈，是小人物面临的境况。

围绕马老四的渡船，无数人在他眼里迎来送往，时光将他的性格磨砺得如水一样有韧性，因而他能够坚持那么久，渡船生活方式下的马老四，其实是个传统保守的人，他的善心和大爱是通过其他乘客的嘴里得到彰显的。这正是侧面描写的好处。作为一个生意人，在利益面前，他有反抗和抵触情绪，内心矛盾冲突激烈，对建桥持负面的悲观主义，因而，某种意义上，他又是个守旧的人。

小说用了大量的铺垫来描述和重现渡船的昔日荣光和生活变迁，凸显的是旧有的生活方式和古老文明的光辉。而作品真实的用意，乃是暗藏着守旧的马老四一类人对过往生活方式的依恋与不舍，这种先抑后扬的处理，为后面马老四的思想转变埋下伏笔，为小说的曲转和留白制造了很多想象空间，因而，小说的魅力，自然达到了意犹未尽和回味无穷。

生活总是不以自己的假设存在，变化总是可能随时发生，马老四有没有这个心理准备，考验着他的价值观。

文章中，渡船和桥，是道具，只有它们才能推动故事情节不断向前发展。人物是故事不断复杂曲折、生活跌宕起伏的关键原因。传统生活与现代生活，总是会交叉，因而，故事也就有了离合与悲喜的冲突。

在这样的情况下，小说的虚构本质将作者想要表达的情绪，通过合理的想象，为社会和人物画像立传，马老四就是其中的人物。这个人物形象来源于生活，他的身上和思想上，有着生活的影子，因而，文学的笔调，对他的塑造，在读者眼里是真实的、可信的，逻辑上，他的故事是现实生活的翻版，小小说在这里不是刻板的，描写是生动的，通过慢条斯理地讲述，立起"人"（马老四、乡长）和"事"（渡人）。所以说，小说主要是塑造"人"，这是作品之所以闪光的地方。

慢叙述是本文的一大特色。这篇文章，以简洁开篇，标题定海神针，让小说的叙述方向和结构有了清晰的定位。结构上，现代与时光交织，作品一开始就设置了矛盾冲突。围绕青衣江摆渡与架桥，主人公马老四内心掀起轩然大波。之后，笔锋转入慢叙述，重述传统的生活方式和古老文明下的依恋和不舍。作品中，乡长的出场恰到好处，既是矛盾的导

小小说艺术

火索，也是最后点题引起思索的关键人物。

马老四承载的只是一个摆渡人的心态与生活的风雨日子，他的觉醒既是形势所迫，也反映他的与时俱进，顺应时代潮流。而乡长对于渡船的感情的深入与觉醒，体现了现代文明和传统文化冲突下，发展经济，是否要让古老的文明消失殆尽？如何保持特色文化？如何统筹发展地方？考验着施政者的思考与智慧，《渡船》无疑具有标识意义。

当然结尾的反转和意味给作品带来增色成分，这也是小小说的艺术反映，临门一脚，是小小说是否成功的关键。重视开头、结尾和中间结构，小小说的艺术博大精深，需要我们不断在生活中提炼出好的故事核，给生活以阳光，给人们以思考。《渡船》的故事核非常明确，读者一看就心知肚明。因为它承载的东西，正是我们解决现实发展与坚守传统文明矛盾下的结合体，里面讲述的内容有许多值得深刻反思和借鉴的地方。

《渡船》虽然是一篇小小说，但是，小小说不"小"，富有智慧含量和艺术品位，这是真的。

我的小小说创作体会

我是诗歌、散文、小说创作者和爱好者,是一个宽阔性写作者,平常阅读不特定于某一文体。

我坚持"四美"创作观:想象丰美、思想唯美、内容醇美、语言诗美。

这个创作想法,放在小小说创作上,也适合。小小说提倡作品要有想象力、要有思想性(故事核)、要有巧妙的故事情节(包括留白余音)、要有好的语言结构等等,我想一通百通,关键是下功夫、花时间去构思和打磨每一个作品。

小小说应有的创作规律,不外乎在传统与现实中去寻找小小说的特点、要求和本质,"以小见大、微言大义"始终是我们需要坚守的创作追求。我认为,作品既要注重当下题材,又不忘传统因子,一般来说,时代感、社会热点(反腐、民生等)、历史题材(红色题材)等等,社会关注度相对比较高,而敏感话题尽量绕过去写。社会始终欢迎内容温

小小说艺术

暖、语言优美、故事曲折、格调健康等方面的作品。

遵循和回归小小说创作规律，需要人生历练、书本熏陶与虔诚追求，我个人认为创作要有神的旨意、菩萨的心肠、清洁的灵魂、悲悯的情怀和三百六十度能够完全打开的格局，小小说也就有了直指人心的力量。我想，我们写作，一是要学会比较，重视整体写作质量。

小小说写作，必须要靠长时期的高水准的写作，才能跻身于一流作家的行列。从这一点上来说，数量和质量成正比，有质量压阵，才能实现超越，要向经典作品（包括其他文体）汲取营养，实现突破，只有在比较中坚持独立创作，才能显示个体创作的成熟与品格。其次，要相信小小说中藏有大智慧，具有直指人心的力量。这句话说起来容易，要达到这样的境界，有点难，但是迎难而上，总会守得云开见月明。

因此，沉潜写作，心无旁骛，在静谧中求得传神之笔，从灵魂中捕捉思想的火花，这是不二的法门。

2019年11月30日于郑州龙湖2019年"当代小小说高端论坛"

我与小小说始终同在

小小说魅力无限，在于谜一般的诱惑。因而，只要一进入小小说的洞天，我的心就与小小说一起跳动，始终是同频共振的。

都说小小说易写难工，的确是这样。但是明知山有虎，偏向虎山行，世间很多事情不是做不到，而是难在坚持。

贵在坚持，小小说人要有这个心理准备。

其次，对小小说要有追求，在这个过程之中，还要有探索与创新。

小小说的前路，存在未知性，需要探索性和创新性，就艺术生命而言，它永远色彩斑斓，总是会激起人们思想的涟漪。

小小说虽然短，但并非没有市场，相反，它的前景无比广阔，产业化之路无比宽广，因为人们需要它。

一篇篇精美的小小说作品，就是一幅幅精美的时代画

小小说艺术

卷、一道道默默的岁月痕迹，那一个个人物图景生动再现，一声声情感真情流露，一篇篇作品逸趣横生，它给人以美的享受和人生的感悟与殷鉴。

移动互联网催生了社会革命性变革。掌上工作、生活、学习、消费、生产的时代来临，写作也在适应新时代，小小说应该有更大更宽广的作为。

不要因为"小"而不用心，相反，每一篇精品，必定经历了百折千回的思索和千锤万击的打磨。

我们需要给时代和人民群众奉献更多更好的作品。

因而，作为一种写作，我们要追求小小说之"美"。让小小说通过丰富的想象和精心构思，将小小说写得语言优美、思想唯美、结构精美、意味醇美，勾起人们的阅读欲望，让人们把小小说阅读像生活常识一样重要，作为日常交流和日常学习的一个重要载体，让人们追忆逝水年华，感慨大好河山，珍惜人生芳华，建设美好生活。如果有人将小小说放在床头，一定是小小说之美感染了他，影响了他，陪伴了他。因为那里面有他们的浪漫，有他们的生活，有他们的灵魂。

我们要坚持体现小小说之"味"。小小说很小，但并不妨碍将故事讲得津津有味，意味深长。小小说区别于故事，就是小小说是有温度有情感有力量的艺术讲述，大家都知道，小小说与故事的差异在于，小小说有思想内涵、有艺术品位、有智慧含量。小小说奥妙无穷，个中玄机，全凭小小说作者的能量,将有限的文字,写出无限的感染力,真真切切体现小小说的耐咀嚼的"味",土话就是好像吃东西一样,越嚼越有味。

为了达到小小说的至高艺术魅力,我们一定要塑造小小说之"神"。小小说之"神",也就是小小说的"精、气、神",它传递着社会的能量、美学的修养、人文的气质和聪明的思想,作品的高度与厚度保持了相对完整的统一。

小小说写作要将抒写个人故事和国家故事有机融合,在我们个人荣辱故事中,看到我们向往的国家故事,体现小小说的至高追求:大情怀,也就是家国情怀。小小说唯有不断创新,才能在小里做更好的文章,体现大的容量、境界和格局。

新时代小小说的某一种创作方向应该是在与世界对话,与历史对话,与人民对话,生活的喜怒哀乐,我们不能视而不见,民族的奋斗史、血泪史、成功史,应该在我们笔下有乾坤,肩上有责任,胸中有大义。

我们有理由相信自己从事的小小说写作是有意义的,现实给了我们这种文学情怀,小小说之美、小小说之味、小小说之神,将通过广大小小说写作者的笔和说话,传给亿万读者。

我参与小小说创作,无论发表还是结集出版,都秉持一种内心的舒缓与从容,盛得下波澜与激情,因而,写作时,我的内心是小小说的,怎样写好它是内心反复斟酌的,平坦

小小说艺术

不是我的希冀，峰高浪急、绵里藏针或许是我的尺度。著名作家蔡楠曾说："刘帆的小小说从来不是直线型的叙述，不是一眼望到头的那种，而是横生枝节，张力十足。"

因为，我知道"容量"二字意味着什么，也知道"阔达"彰显着什么，也知道"曲转"和"留白"想表达什么。

我想，给万千读者和我们的家国奉献自己的火热与思考，希望将小小说之美、小小说之味、小小说之神传递给我深深热爱的祖国和人民，那么，小小说写作就是有意义的。

因此，我与小小说始终同在。

2021 年 6 月 2 日

后　记

　　编、读、写小小说很多年，时间久了，就积淀了自己很多想法和见解。我想，适时将这些所思所想用文字记录下来，某一天如能结集出版，或许是一件很有意义的事情。

　　怎样写好小小说？是我写作本书的初衷。小小说的探索与叙谈，不知穷尽多少人的智慧与思考，这也使得小小说能够立于前瞻与高地，具有蓬勃的旺盛的生命力。几十年来，喜爱者、追求者众多，这种庞大的梯队人海中，毫无疑问，小小说之所以应者云集，当然源自我们千变万化的时代生活，源于改革开放下国家呈现的欣欣向荣的盛世图景，来源于作家和读者心灵深处的渴求。

　　冗长的叙事，在快生活的节奏下，让生活在各种阶层和不同职业的人们心中，在时间的选择上，无形中产生一种距离，种种可能促使写作者思谋变通，因此，我们的创作者在长期的探索中，找到了与众合流的写作方式，将故事和思

小小说艺术

想、文学、艺术有机结合，在平易中洞察深刻，在日常生活中引发深思，世间百态，万象生活，于流光中展现人性纠葛，于风物长宜中窥见幽微意义，或荒诞，或魔幻，或现实，或先锋……作家们依赖长久以来我国优秀传统文化的熏陶，借助小小说这种时尚文体，与诗歌、散文、长中短小说、戏剧文学等并行，存在即合理，于是，经历发展这么多年，小小说日渐被人接受，甚至受到追捧。

我写下有关小小说艺术的点点滴滴，最初的出发点是希望发掘优秀的小小说文本，只有极为优秀的作品，才能引领时代文体的繁荣兴盛。当代小小说文体倡导者、评论家、编辑家杨晓敏先生明确小小说是平民艺术，无疑给小小说的生存空间找到了合适的生存土壤，只要根系深入民心，就不用担心被边缘化、被挤压，"人民，只有人民才是推动历史发展的真正动力！"（《毛泽东选集》第三卷第一零三一页）我想，亿万小小说参与者、创作者、实践者、阅读者、传播者、推动者，人们看到了历史的方向，任何否定或逆历史潮流的做法都是不可取的，所以，2018年鲁迅文学奖将小小说纳入评奖序列，当代小小说优秀写作人冯骥才先生以《俗世奇人》（足本）在2018年8月11日荣获第七届鲁迅文学奖，这一破冰之举，无论对于民间和官方，都是一剂猛药，催开了小小说的又一个蓬勃发展的春天。

对于这样的春天，我们始终表示欢迎，并希望走得更远。

小小说要写得好，写出有深度有思想有艺术的作品，超越前人的优秀作品水准，又是当前乃至以后要面临的严峻问题。如何克服"易写难工"这个瓶颈，是考验作家创作的一个拦路虎。我以自己从事小小说写作的多年体验，传递或希望给有需要的文学爱好者某种启示，则我的小小说思考，或许不会有所遗憾。

我认为，小小说虽然不像体量大的长、中、短篇小说那样可以容纳很多东西，但是，小小说具有的"留白"和"意犹未尽""韵味无穷""小中见大"艺术特质，在跳跃、留空、简化、省略、细节、隐喻等艺术手法下，同样可以具有一定的容量，达到一定的深度。

小小说塑造什么？这是小小说写作者要重点考虑的问题。因为，小小说的核心问题是塑造人物，立言立意，展现人性的复杂、沉隐和人生的情状，乃至历史与现实的融通，小小说是可以写出深度的。

我想，深入生活，认清形势，坚定方向，明确思路，深研细磨，直击心扉，小小说之路说复杂，也容易，能够沉潜者，必定有所收获。

我是希望我们当今伟大的时代和未来伟大的时代，多出优秀的、经典的小小说作品的。

本书入选东莞市重点文艺创作基地——东莞（桥头）小小说创作基地艺术创作规划（2021—2025年），得到东莞市文化广电旅游体育局和东莞市桥头镇文化服务中心的大力支持。同时，本书也得到出版机构的关注扶持。在此，一并谨表谢意。

在本书出版前夕，曾先后征求了杨晓敏、申平、雪弟、谢志强、高健等知名专家的意见，雪弟老师更是不辞辛劳为之作序，对于各位专家的宝贵支持，本人亦心存敬意并表示由衷的感谢！

由于水平有限，错讹舛误难免，欢迎有识之士和专家学者批评指正，以便后续加以改进，谢谢！

2023 年 3 月于春天里